小说的现状与未来

格非 主编

上海文艺出版社

主持人的话 *

自塞万提斯的《堂吉诃德》问世至今,现代小说已经走过了四百多年的发展道路。与传统的叙事文类(诸如神话、史诗、民间故事、历史演义等等)所不同的是,小说更偏重于社会现实生活的呈现,特别是个人生活经验的书写与呈现。现代小说在帮助我们认识外部世界的同时,也在始终关注人的精神与心灵状况,并促使我们对生活进行认真的思考,进而探寻生存的奥秘与意义。当然,小说还是一种重要的介入性的社会干预力量:对社会现实的诸多现象进行批判,对文

---

* 本书为清华大学文学创作与研究中心举办的"小说的现状与未来"文学论坛的文章结集,内文排序亦同论坛。

明的发展进行反省，对日常生活中的文化观念进行矫正。小说总是以自己特殊的方式提出问题并发出预警。

四百多年来，伴随着社会的发展和变革，现代小说一直在不断地调整和更新自己的美学观念、叙事形态和语言策略，从而使自身保持活力。几百年来，现代小说已经成为文学诸形式中最为重要的艺术门类之一，产生了难以计数的巨匠和杰作，在社会生活中扮演着十分重要的角色。

但毋庸讳言，小说艺术发展到今天，也面临着诸多挑战以及前所未有的困境。

小说作为一种讲故事的艺术形式，在今天受到了电影、电视以及种种现代传媒手段的严峻挑战，这已是人所共知的事实。小说作为一种表达意见和观念的言说方式，在当今爆炸性的言论空间背景中，其重要性也已显著降低。而小说作为一种特殊的技艺和美学形式，其自身的发展和演变也呈现出诸多令人担忧的问题。比如说，现代小说所倚重的最重要的资源，无疑是个人的生活经验，而经验本身正在加速贬值。

日常生活经验的虚拟化、碎片化和同质化，不仅在一定程度上造成了小说叙事的空洞，也使得写作者的个人情感日益贫乏和枯竭——我们知道，正是写作者所投入的强烈情感，才使读者对虚构之事信以为真且感同身受。而现代传媒的发展，特别是我们获取资讯、信息与新闻事件的途径变得十分便捷，给小说的作者造成了一种普遍性的幻觉，仿佛我们无所不能，可以任意编排、选择和取用戏剧性的事件和写作素材，使得小说在一种巨大的惯性之下，进行简单复制和自我繁殖。正如日本学者小林秀雄所言，我们今天已不是在写小说，而是在被小说写了。另外，由于我们过分重视小说的可读性、可流通性和所谓的市场份额，小说正在远离智慧和真知，正在远离真正的不幸和幸福，正在远离"异人之所同、重人之所轻、忽人之所谨"的艺术直觉和判断力。同时，对时尚和消费主义的臣服，也最终使小说语言失去激发读者想象的力量，并剥夺了读者从心底里与作者保持秘密认同的喜悦。

应该如何认识并面对小说的危机或困境，如何去思考并想象小说艺术的未来？我们邀请了十多位优秀的青年作家参与研讨。首先，我们希望通过笔谈的形式进行自由交流，汇聚大家的真知灼见。接下来，我们将选择适当时机举办专题研讨会，就小说创作与研究的诸多问题，作进一步的探讨，促进中国的小说创作、研究和批评。

清华大学文学创作与研究中心

目 录

主持人的话   1

弋舟   与小说艺术的"顽固分子"聊天   7
张楚   只要你不醒来,梦境仍会延续   27
阿乙   新世代批评故事   43
糖匪   花粉暴动   71
默音   以文为食的人   89
王威廉   小说:成为文化的神经丛   107
张悦然   "我"的复兴   135
双雪涛   与火焰的距离   153
郭爽   风暴眼   167
班宇   幽灵、物质体与未来之书   187
庞羽   挽回一顶二十岁时的白帽子   205
路魆   小说中的平面镜与通灵者   225

弋舟

与小说艺术的"顽固分子"聊天

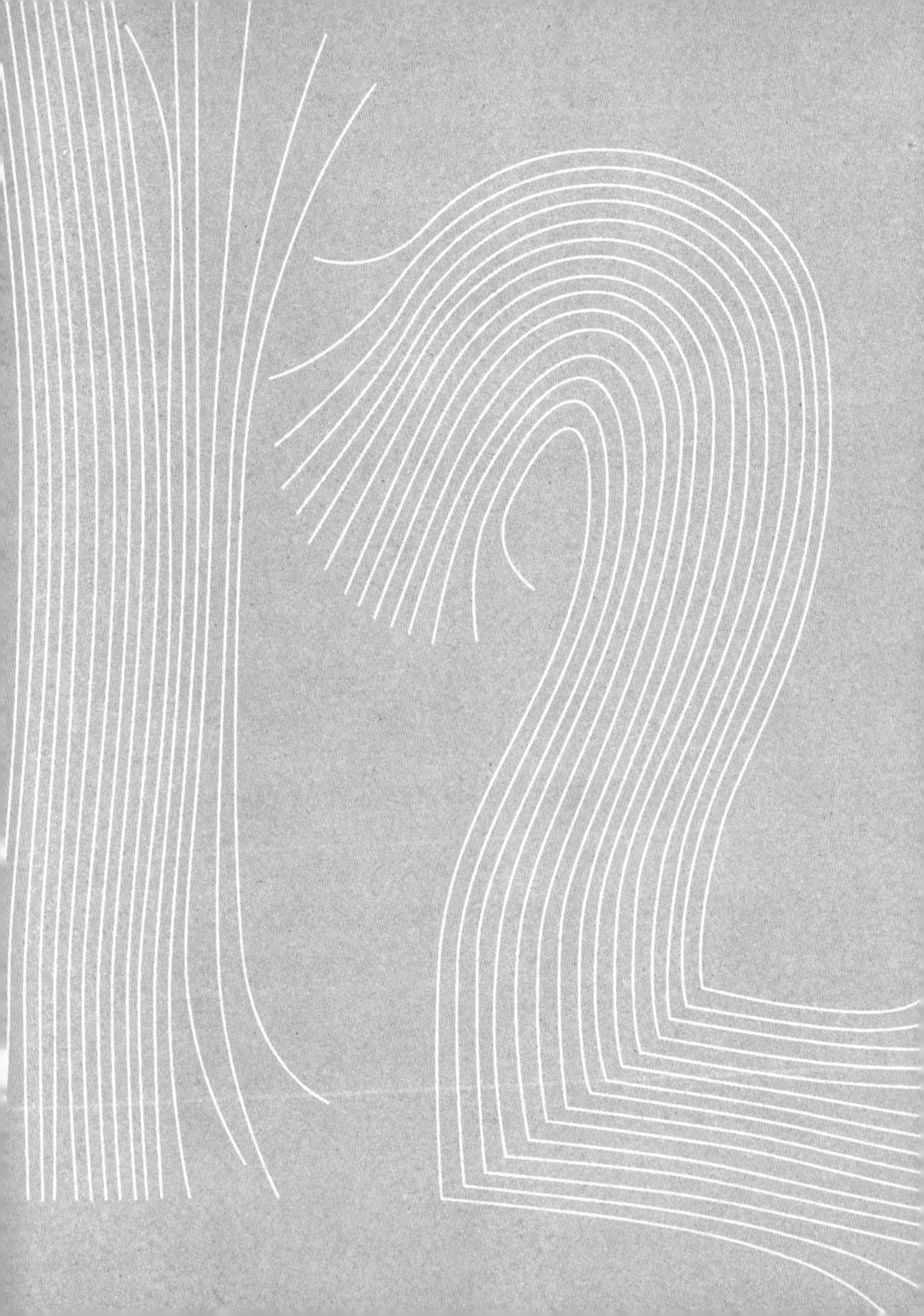

弋舟

当代小说家,中国作协青年工作委员会委员,入选中宣部全国文化名家暨"四个一批"人才,西北大学客座教授、硕士生导师。现任《延河》杂志社副主编。

历获第七届鲁迅文学奖,第三、第四届郁达夫小说奖,首届中华文学基金会茅盾文学新人奖,第二届鲁彦周文学奖,第六、七、八、九届敦煌文艺奖,第二、三、四、五届黄河文学奖一等奖,首届"漓江年选"文学奖,2012年《小说选刊》年度大奖,第十六、十七届《小说月报》百花奖,第三届《作家》金短篇小说奖,2015年《当代》长篇小说年度五佳,第十一届《十月》文学奖,以及《青年文学》《西部》《飞天》等刊物奖。多次入选中国小说学会年度排行榜、收获文学榜、《扬子江评论》文学榜等重要榜单。

应该如何认识并面对小说的危机或困境,如何去思考并想象小说艺术的未来?——这是此次论坛提出的命题。我想,通过对一位同辈作家作品的阅读展开思考,或许算是一个不错的方案。因为,同侪正活跃在我们当下的文学现场,观察他们,或许是对这个命题更为及物的回应,同时,与之形成映照,或许也能引起我对自己写作的反思——毕竟,我、我们,多少是以一种"共同体"的面目展示着能力,也暴露着缺陷,一如这次论坛所发出的诘问,在很大程度上,是需要我们共同来回答的。

我选择了李浩,并且只能将这番观察假想为和李浩的一次聊天。否则，相熟的朋友彼此作文，难免陷于溢美——尽管，李浩不乏能被人拿来溢美的出色之处；尽管，我也并不是没有罔顾事实地去溢美过他人。但对于李浩，无论表扬还是批评，我更加习惯和他私下里念叨。何况，他亦是一个对小说艺术格外着迷的家伙，谈及小说时，彼此切磋要比彼此赞美更能令他获得快感。

关于李浩的写作，业界似乎已有公论，譬如这两则授奖词：

> 李浩的写作，有意识地与当下各种汹涌的潮流文学拉开距离。其作品血肉鲜活、烟火繁重，举重若轻，形神兼备；灌注着现代哲学观念，带着形而上追求，执著而从容发掘着人性的丰富与复杂，建构着他所理解的诗性和人性。他清醒、固执和精进的艺术姿态在当下平庸懈怠的文学语境中尤显醒目。（庄重文文学奖授奖词）

> 李浩的小说清高、执拗、立志高拔，在"70后"作

家中他是为数不多敢于对传统现实主义说不的人。他不讳言师承着欧美和后现代文学传统,藉此他获得了精进的文学姿态和出色的写作技巧。他认为,文学本质上是虚构,是作家对"彼岸感"的个人建造,它以现实镜像为摹本,但建立的却是一个高于现实、具有魔法感的世界。李浩的写作,血肉丰满,人物鲜活,同时有着现代哲学意义的追求,他着力发掘人的丰富性和复杂性,逐步构筑着他自己理解的小说世界。(未来大家TOP20授奖词)

一目了然,这两则授奖词在内容上高度吻合,一些关键词诸如"哲学""人性的丰富与复杂""精进的姿态""固执""执拗"等等,彼此完全重叠(我怀疑是同一位先生撰写的)。这些词也的确精准地描述了文学写作意义上的那个李浩,但是我和李浩的聊天,如果也按着这份词汇表来展开,岂不是又给他授了一次奖?这当然意思不大。而且,我准备和他聊的文本,也仅仅限定于《变形魔术师》这本中短篇小说集。这本集子相较于李浩的整体写作,"意义别具",大概也有溢出"定论"的某些因子。

那么,就这样聊吧——

李浩,《变形魔术师》这本集子或者能够让人得窥另一半的你——这也是你的愿望。这"另一半"相对着的那个李浩,诚如你在后记中自陈:"先锋性"是其写作的一个显著标识,几成"标签化"的存在。对此,你似乎不那么甘心,面对诸般诟病,你在名为《先锋和我的传统》的后记中铺陈文字,用力稍显过猛地辩解了一番。声言自己的写作志向是打造"智慧之书"后,你回过头,交代这本集子的旨归——有意收录自己并不那么"先锋"的小说,"它们讲述的是'中国故事',部分地也涉及当下现实。其手法,也多是相对传统些的……"

老实说,我认为这是一篇糟糕的后记。

如果要较真,按图索骥,我可能有理由得出这样的结论:与这本中短篇小说集旨趣相左的那个李浩,写下的,是"先锋小说",讲述的不是"中国故事",乃至绝大部分地"不涉及当下现实",其手法也多是"相对现代的",等等。我想,若是翻转这枚硬币,李浩你自己怕是也难以欣然领受那种种的倒影。

文学真的是那么非此即彼的吗?即便是,持其一端、义无反顾,不也是为文从艺者好看的"执拗"姿态吗?何必要自证清白般地分辩与诉说呢?何况,那硬币的另一面,也未必真的需要急迫地洗白。"先锋"不是你一贯秉持的写作原则吗?让它像一面旗帜般地招展,真的令你心虚了吗?要么,李浩你是想全面地展示自己,在读者眼中塑造一个全能型选手的形象——这很难,我们可以想象卡夫卡去写《战争与和平》;要么,李浩你的小说态度本就朝三暮四、犹疑徘徊——这不是事实,大家都知道你是小说艺术的"顽固分子"。在我看来,如此之"后记",算是自我的瓦解,变相的缴械。你硬生生将自己浑然一体的写作进行了糊涂的切割,喏,这一半是这样的,那一半是那样的,它们非但不是你中有我的,甚或还是彼此对立的。我想,这大概不是你所愿意看到的局面。

如果说,"先锋性"对你是一个误判,但这顶帽子既然已经加冕,何妨就理直气壮地戴下去?当然,我明白,为此,你可能是受了些委屈,于是急于抗辩——于此,也能看出我们文学语境那蛮霸的专横之力:硬币般的倒悬着两面,一面天然正确,一面嫌疑重重,乃至令一个骄傲的小说家都不得不嗫嚅地说出,"其实,我跟那一面也是一伙儿的"。

这就是一个小说家在小说之外解释自己时面临的风险。

心情我当然是能够理解。骄傲的小说家也未必就要如实坦白,但除了狡黠的撒谎与笨拙的自辩,我们还可以选择性缄默。显然,后者往往更能够保护我们的尊严。然而要命的是,事实上,今天我们都太爱口若悬河了。我领教过你汹涌的言辞,也感叹过你对小说艺术那澎湃的热情。你俨然这门艺术的布道者,极尽可能地想要去说服世界——我怀疑这是否真的有效——小说应该是这样写的,那样写的话,就不能算是小说。这很好,立场鲜明。但是,就像在这本集子的后记里自动缴械,现实中,面对"那样写"出的某些东西,有时你却又表现出令人惊讶的容忍。这可能关乎个人性情，也关乎"人情练达"。所谓"宽厚"，亦是你为人所称道的美德。而我，如今好奇你这"宽厚"的美德是不是也会如"先锋性"的标签一般，在某一天，终于同样对你构成了欲辩不能的压力，使得你只能也那么含混其词地向"苛刻"暂时投诚。老实说，我挺期待你勃然变色，倏忽翻脸。

  我知道，我的这个期待本身已是苛刻。谁都明白我们有时会多么的言不由衷。当然，你也并非一味"宽厚"，我见识过你的"狂妄"，见识过你鄙夷群雄的气派。对于小说艺术的体认，你胸中确有高格——你这个"学习型"的小说家，见识不凡，野心勃勃，在不少时候，有厕身世界一流作家的志向。只是，你这胸中的"高格"，有时又成了在现实里妥协的本钱。我们自诩是懂得这门艺术的人，这个自诩也被同侪所认可，由之，一个"行家"说出的话，就貌似有了权威性和分量，能够用来与人一团和气、握手言和了。这实在是值得我们警惕，如果我们真是个"行家"，对于"行业标准"

的维护就格外负有责任了吧？标准的混乱，最终只能令行业崩溃，我等或许就砸了自己的饭碗。

还是聊小说本身吧。

先说说"先锋性"。读这本集子，我并没有如你所期待的那样，读出太多与你其他作品气质相悖的东西。这还是那个李浩，那个置身在一个广阔的文学背景里的李浩。由此，我突然觉得，"先锋"之说，今天是不是应当休矣？我不大了解在世界范围内，还有没有其他的文学，如我们一般纠缠"先锋"这个概念。我的体认是，如今，它似乎已经越来越不值得被拿来阐明什么了。甚至，在我的阅读感受中，你的这本集子更像是一个"传统作家"的作品。这个"传统"，就是我所说的你我置身其间的那个"广阔的文学背景"。它是文学史的源流，即便我们可以将其收窄为"现代文学史"的源流，但其来有自，应当是不争的事实了。文学在今天也有了非常专业性的一些指标，它确立了很多准则，这好像已经类似于自然科学领域的学科了。谁都能提笔写作，其实是一个假象。

就像我们难以想象，谁都可以去勘测天文。只不过，文学的指标与准则，格外隐蔽，难以一言以蔽之，无法凭借一台哈勃望远镜便去运算伟大的数据。

我们浸淫于此，遵照这些潜在的原则书写，正是对于这个"传统"的实证。它所框定的边界，我们远远没有突破。在某种意义上，对那些边界的捍卫与固守，还是我们正在做着的事情。并且，我们的尊严感，更多的亦是来自如此的"守旧"。在这个意义上，毋宁说，我们是一群因循守旧、故步自封的家伙。我们以"行家"自诩，站在"传统"里，视所有不合行业规范的作品为"落后"。《变形魔术师》里的篇章，都是那种我所熟悉的"行业范式"，它们就是这个行当里的标准产品，一点不令人意外。我们太熟悉这样的作品，以至于，如果不能格外出色，便会令我们产生阅读的迟钝和麻木。这是我们今天都需要严肃思考的问题，如何既守望家园又凝视他乡，可能才更加地考验我们。

不会有人将陈景润视为数学界的先锋的，我们却在干着本职工作的时候,被"先锋"所指认。这样的局面,一度的确有益于这项事业,但继续纠缠,只能制造更多的误解。那么,今天我们是不是干脆改口吧,说自己是一个"传统作家"?这可能更体面一些,也更显得自尊。我们赓续着的那个"传统",置身着的那个背景,难道不需要以此来致敬吗?

再聊聊"中国故事"和"涉及当下现实"吧。

我觉得,李浩你是被对立面的指责搞晕了。"中国故事"与"涉及当下现实",如果就是需要这样被正反两面地加以说明,实在会倒向荒谬。我们大约都能明白,这两个方向,在特定的语境中,实则是一种"特指",它所隐含的意思是——"只有这样的中国故事才是中国故事","只有这样的涉及当下现实才是涉及了当下的现实"。至于"这样"究竟是哪样?没人告诉你,一切就在意会间。我们的文学主张,往往就是靠着"意会"来主张的,你明明晓得,居然也想浑水摸鱼。在那样"特指"的"这样"里,如果不假以专门的解读,大约《红楼梦》都将不能算做是"中国故事",《动物农庄》更与"当下现实"无涉。我可以遗憾地告诉你，在那样"特指"的"这样"里，你这本集子里的小说依然会被判定为不是典型的"中国故事"，没有有效地"涉及当下现实"。

最后聊聊写作手法。

你在后记里声明，这本集子里的小说，在写作手法上，"多是相对传统些的"，这个问题，与"先锋性"是同一个问题。在此，我又一次深感轻率使用"传统"与"先锋"这种概念的危害。你这里的"传统"究竟是指什么呢？是《创业史》还是明清笔记？它可能也是在指一个宏阔的"文学背景"吧，那么，这个"背景"与我们的"背景"真的是能够相互否定的吗？难道，它们不是同一条河流中的漩涡吗？据说，如今又有人读出了《金光大道》的美。我一点儿不怀疑其人的真诚，甚至，我都不去先入为主地怀疑其人的水准。文学之事，就是这般奇妙，它有"往复借鉴"的优势。如果说，你的这本集子在写作手法上，的确实现了"多是相对传统些"的愿望，不也说明，你在观念里也没有全然将"传统"与"先锋"切割吗？这里面的千差万别与殊途同归，同样也是一件需要"意会"的事情，而这样的"意会"，或许才是有益的了，我们强加说明，可能反而会搅乱了局面，破坏了文学的稳定。

这本集子里，我最喜欢的是《被噩梦追赶的人》这个短篇。形式上，它完全在我的经验之内，但它格外节制，于是美感十足。可你在后记中又一次勉为其难地将其与"救赎心"挂上了钩。我觉得，以此来说明这个短篇，是对于它的拉低。它的价值，真的就在一颗"救赎心"上吗？难道，它形式上的美感，没有大于那颗"救赎心"吗？我不这样认为。李浩，老实说，你的写作优势不在"社会学"意义上，这也是导致你难以被评论家广泛阐释的根源所在吧——他们尤善手握一把"社会学"意义的解剖刀。你大约为此而不平了，所以干脆也亮出自己"社会学"的能力，并强调，这个短篇里的主人公"所有的行为都具有中国化的特质，他的所作所为无一不具备这一民族的心理基因"。这太拗口了，也太"学术腔"，它当然是个事实，但我难以理解，小说家干嘛要说得这么"不文学"。这个短篇的美是自足的，毋宁说，你写的是"美"之本身。

咱们这个聊天，让我想起了孝阳的《众生设计师》，那是一部非常不错的小长篇，我写了读书笔记，名叫《小说家之于设计师》。有趣的是，你的这本集子又让我遭遇了"魔术师"。你以《变形魔术师》做了集子名，一定有着自己的意图，这里面也一定隐含着你的写作心理乃至文学抱负。于此，我倒有了猜想：孝阳着重在"设计师"这个角色里，喻示着他的写作可能更现代，是朝向未来的；而你钟意于"魔术师"，就有些"古老"的意味了。可能，在骨子里，你的气质更接近于一个"古典作家"。这是笑谈，但没准也是真谛。如果真是如此，你又缺乏了一些"魔术师"这个意象所应带给人的"人情味儿"。这可能只是我的一己感受，没办法，我就是这么一个不自觉地就要去嗅词语气味的家伙。"魔术师"在我的嗅觉里，该有些体臭，可是李浩你的气味太清洁，甚至还有点儿消毒水的味道。

这也是我阅读你小说的感受。就像你在这篇后记中所说的那样，"所有的自述往往都在自夸和自谦之间来回摆荡"，你的文学表达的确在某种程度上受到了局限。这与你的文学观念有着极大的干系——我还想说，这可能也事关一点儿天性——你是那种偏于"理性"的作家。操弄小说，有如装配仪器，阐释作品，如同课堂教案，诸般表现，令你的作品极富"小说本身"的美感，同时，也令你缺了些那种依赖中间地带、依赖情感、依赖体臭，既不自夸也不自谦的表达优势——譬如无可指责的伤感和不被挑剔的忧愁。这些以情取胜的能力之于你，都有些令人遗憾的缺失。你差不多算是一个"说理型"的作家，在这一点上，"先锋性"也许对你构成了某种程度的损害。这类作家我们细数一番，果然也是其来有自，卡夫卡，博尔赫斯，卡尔维诺……无论浅薄的情感还是深刻的情感，与这个序列的大师似乎都没有过多的牵连。他们似乎是耻于抒情的，当然，我们可以将一切归于那无从捕捉的高贵的虚无。

李浩，阅读这部小说集，我常常因此而为你惋惜。在我看来，集子里的每一篇小说都像是精装修之后的房间，材料上乘，工艺用心——但却总让人觉得少了些舒适的亲切之感。究竟少了些什么呢？最后，我认定，这整饬的房间里，少了一道柔曼的窗帘——它也许微不足道，没有它，也并不妨碍整间屋子"样板间"般的周正，但有了它，便会有了微风的吹送，空气会流动，尘埃能漂浮。

好了，瞎扯了这么多，其实我口若悬河，更多的是推己及人。我知道自己是怎么回事儿，所以如是推断着你。

张楚

只要你不醒来,梦境仍会延续

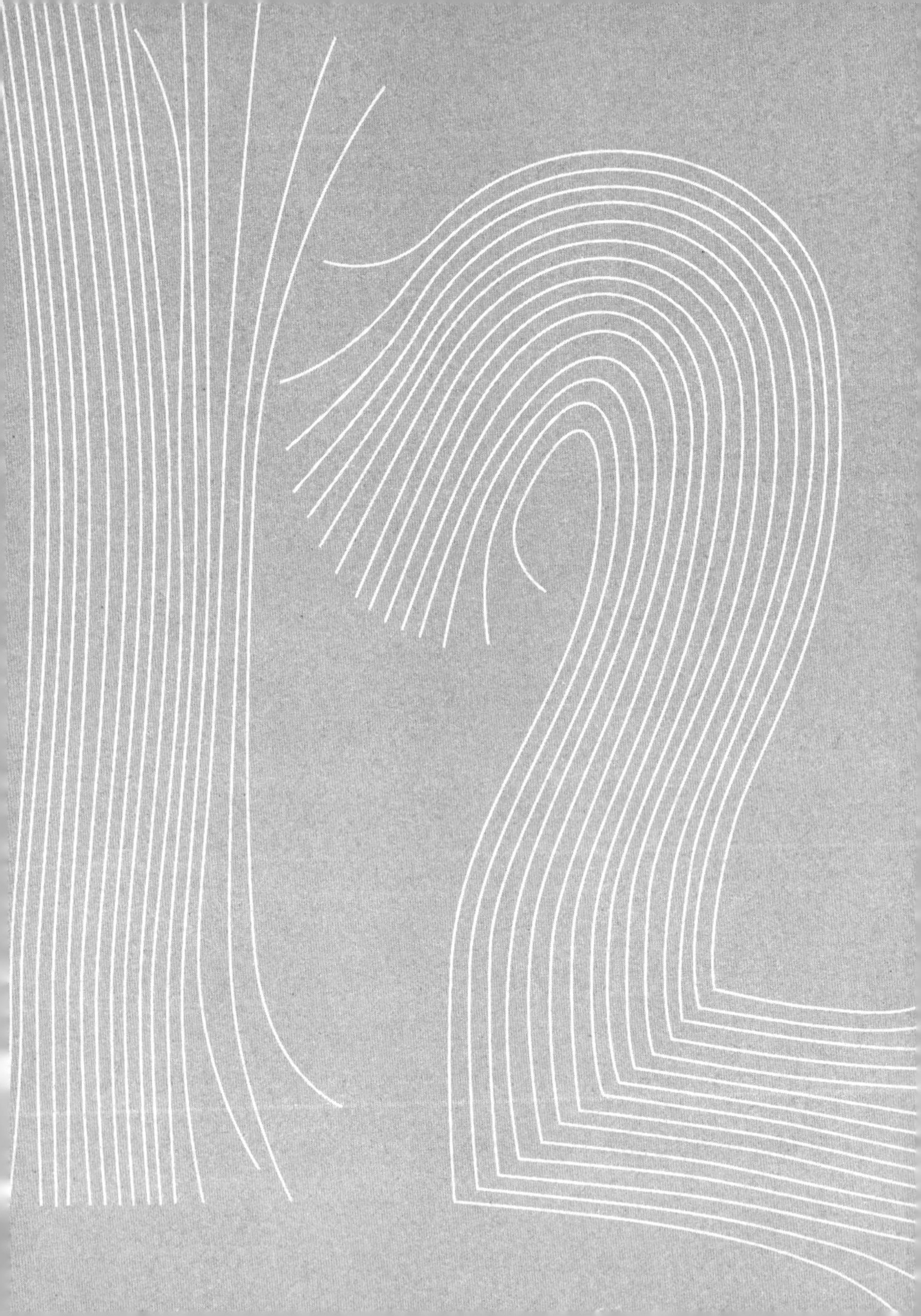

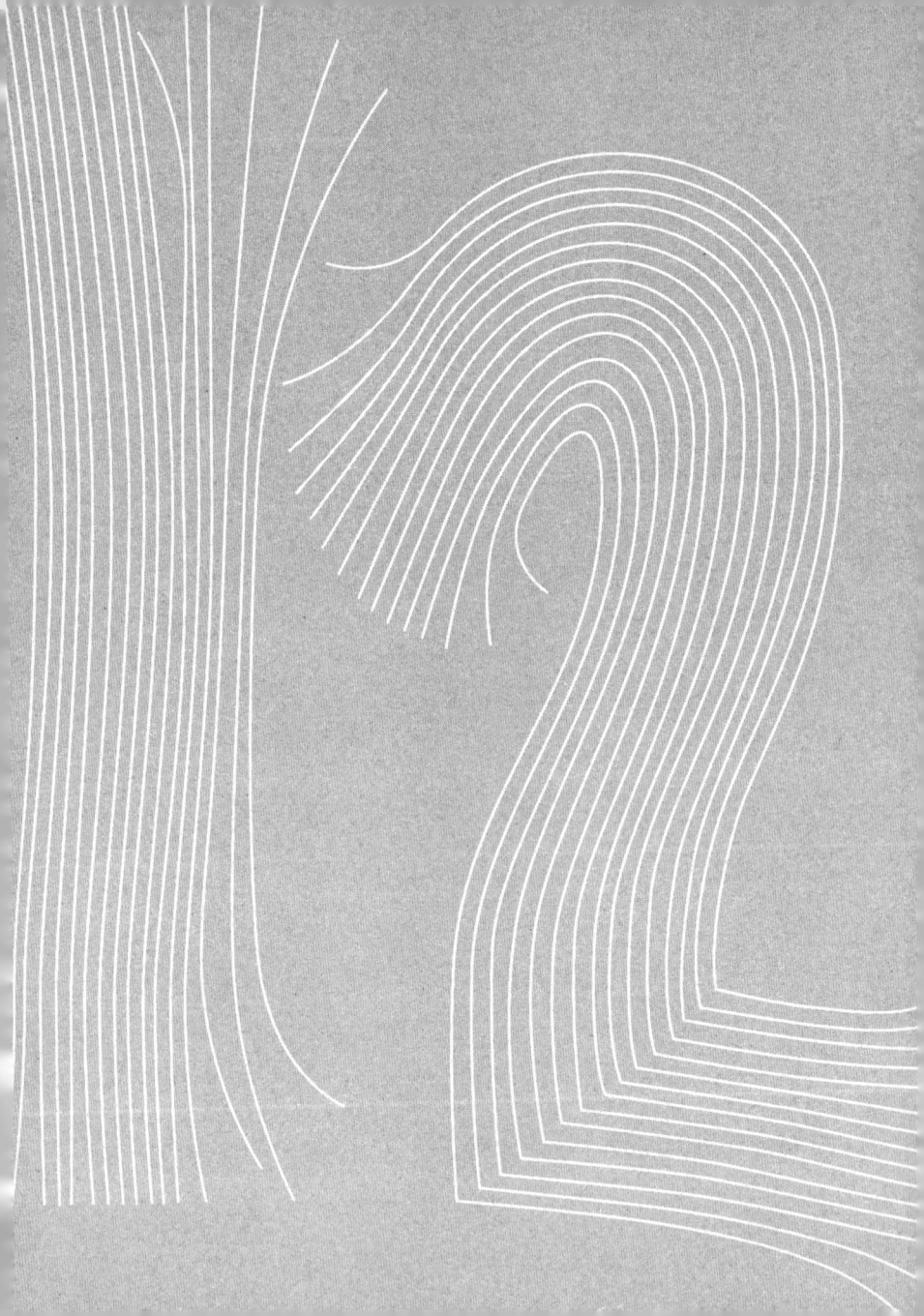

张楚

在《人民文学》《收获》《十月》等杂志发表过小说，出版小说集《樱桃记》《七根孔雀羽毛》《夜是怎样黑下来的》《野象小姐》《在云落》《风中事》《夏朗的望远镜》《中年妇女恋爱史》《略知她一二》等。

曾获鲁迅文学奖、郁达夫小说奖、《人民文学》短篇小说奖、《中国作家》"大红鹰文学奖"、《北京文学》奖、《十月》文学奖、《小说月报》百花奖、《作家》金短篇奖、《小说选刊》奖、孙犁文学奖、林斤澜短篇小说奖、茅盾文学新人奖、华语青年作家奖等。

小说的现在和未来，是一个庞大难言的话题，我仅从我个人的阅读经验和有限的思考来谈一点感想。

不妨先从代际角度来谈一谈现阶段各个年龄段的小说家的整体创作趋势和特点。当然，在我看来，小说家大概只能有三种：好作家，平庸的作家和坏作家；或者分为两种：经典作家和被遗忘的作家（已经被遗忘或即将被遗忘）。当我们讨论曹雪芹、托尔斯泰、陀思妥耶夫斯基、卡夫卡、鲁迅、福克纳、马尔克斯、尤瑟纳尔、帕慕克、阿特伍德的时候，我们首先讨论的是他们的作品，而不是他们出生于19世纪30年代还是20世纪40年代。不过，我可以理解并潜意识里接受代际划分这种说法，是因为这种划分标准蕴含着微妙的科学性和武断的犹疑：在这个经济、科学、文化比历史上任何一个阶段都快速发展裂变的时代，十年或许能够体现出一个时代横切面的纹理和特性，这在中国作家的身上可能体现得尤为明显。

20世纪50年代出生的作家，他们身上有一种蓬勃到近乎爆破的诉说欲望，我们很难辨析他们的荷尔蒙是自然的荷尔蒙还是复制的荷尔蒙。他们经历了中国历史发展进程中最艰难也最变化多端的年代，在他们身上，我们往往能窥探出他们对历史的反思与考量，这在他们的长篇创作中表现得甚为明显，他们对历史纵深处旋涡的关注超过了他们对小说自身技术的关注。在他们的创作中，我们能明晰地感受到他们对家国、对自身历史位置错位的追问和疑惑，也能感受到他们沉滞的痛苦，由此诞生的作品厚重感往往能打动读者。当然，他们也受过先锋文学的熏陶和洗礼，可总体上衡量，小说的技术主义对他们而言只是一种形式更迭。这代作家仍然是当下中国长篇小说创作的重要力量,以王安忆、贾平凹、阎连科、张炜为例,每隔两三年,他们都会出版一部引起业内关注的长篇小说。而20世纪60年代出生的作家,千禧年之前在文本上有着更明确的追求。他们在解构历史的同时,总是秉承着怀疑主义的理念。这在余华、格非、苏童、孙甘露他们身上有着确切的体现。同时他们对乡土与城市、历史的谎言与真相、人性的多义性等主题有着更执着的偏爱,他们倡导实践的先锋文学改变了原有小说的叙述腔调和叙事结构,给读者带来了陌生的阅读体验和疑惑,也给之后的写作者启蒙开智。小说家开始从不同的角度去理解和反思现实,运用复调、多声部、开放式的叙事策略,拓展小说发展的可能性。从目前来看,这批作家仍然处于创作旺盛期,这可以从近年格非、迟子建、李洱在长篇创作中的态势窥豹一斑。而苏童、毕飞宇这些年的目光似乎更多地凝聚在短篇创作上。无论是长篇还是短篇,这两代人存在着一个普遍共性,那就是大部分小说家在小说的表现形式上并没有继续进行探索,也许在他们看来，内容大于形式，言说大于眼神，真实可见的世界大于梦境，而陆地，远比海洋更重要。

从继承关系上讲，我个人认为，20世纪70年代出生的小说家或许可以称之为"五零六零"年代作家的遗腹子。千禧年前后，当"五零六零"作家的创作方式开始转向时，七零后作家才开始写作。他们在写作初期基本上都受过先锋文学的洗礼，早期作品普遍带有先锋印记。另外，这代作家似乎对宏大历史叙事普遍缺乏热忱与好奇，而是更为关注普通人的日常生活，对普通人在时代褶皱里的困境、挣扎、微弱的呐喊和命运，对幸福的追逐等有着共性的描摹和文学层面的表达。这代人对乡土叙事和城镇叙事的偏爱，也与他们的时代存在着微妙的内在逻辑。目前来看，这批小说家更钟爱中短篇小说，相对于前两代作家，他们歌唱的声音过于喑哑，当然，他们好像也觉得无所谓。八零后作家的作品，已经很少看到乡土叙述和城镇叙述。他们对城市文学有着一种本能的亲近。在他们的表达中，我们能看到历史进程中的微小差异造成的文学口味的偏爱。而且他们与前几代作家相比较，基本上都受过良好的大学教育，从写作初期开始，就具备了基本的小说叙述素养和经典阅读熏陶，与大部分野生野长的七零年代作家相比，他们有着先天的技术优势。目前他们创作的体裁也基本上都是中短篇小说。

这是我对当下小说创作整体性的一点肤浅认知。而当下小说创作中存在的问题，我觉得主持人总结得极为精准：

1. 小说作为一种讲故事的艺术形式，在今天受到了现代传媒手段的严峻挑战。小说作为一种表达意见和观念的言说方式，在当今爆炸性的言论空间背景中，其重要性也已显著降低；

2. 小说作为一种特殊的技艺和美学形式，其自身的发展和演变也呈现出诸多令人担忧的问题；

3. 由于我们过分重视小说的可读性、可流通性和所谓的市场份额，对时尚和消费主义的臣服，也最终使小说语言失去激发读者想象的力量,并剥夺了读者从心底里与作者保持秘密认同的喜悦。

上述问题是不争的事实。如果我们将所有问题的根源归咎于时代的变迁和娱乐主义的盛行,似乎过于投机主义。王尧在《新小说革命的必要与可能》中说,20世纪80年代"小说革命"以及其他文学样式的革命性变化完成了从"写什么"到"怎么写"的转换,这其中包括了"形式也是内容""文学不仅是人学也是语言学"等新知。而20世纪90年代以后小说写作的历史则表明,"写什么"固然是一个问题,但"怎么写"并没有真正由形式成为内容。我个人认为,"怎么写"和"写什么"同样重要,同上世纪八九十年代的作家相比,当下作家确实更注重"写什么"(即便是囿于"写什么",可能也没有真正写出什么),而对"怎么写",大多数作家还是相对疏忽,或说是绝对懒惰的。从另外一个角度讲,现代和后现代小说、先锋小说已经普及了小说技法和小说技术,很多小说家还是惯性写作，更深层面的原因，可能是考虑到读者的接受度，即"我们过分重视小说的可读性、可流通性和所谓的市场份额，对时尚和消费主义的臣服"。中国的学生，从小学到大学，基本上没有完整的文学教育和美学教育，这可以从网络小说的随意性和流行程度窥豹一斑。尼尔·波兹曼在《娱乐至死》一书中说："奥威尔忧虑的是信息被剥夺，赫胥黎则唯恐汪洋大海般的信息泛滥成灾，人在其中日益被动和自满……奥威尔认为文化将被打压，赫胥黎则展望文化将因充满感官刺激、欲望和无规则游戏而庸俗化……奥威尔担忧我们将被我们痛恨的东西摧毁，赫胥黎则认为我们终将毁于被我们热爱的事物。"现在看来，赫胥黎的预言在网络时代成真了。大家都喜欢快餐化、程式化、感官刺激强烈、无需思考的小说。严肃文学作家在创作时，多多少少会考虑到读者的接受程度。很少有人敢像乔伊斯或托马斯·品钦那样写作。这确实在更深层面，剥夺了读者对小说家保持秘密认同的喜悦的权利。

另一方面，尽管小说的影响力日渐式微，阅读传统小说的人数呈指数级下降，小说家们普遍变得懒惰，可仍有一些有理想的小说家在坚持小说的美学传统并试图在天花板之上发掘更多的房间（或空间）。近些年，就我有限的阅读范围看，长篇小说创作方面，霍香结的《灵的编年史》、宁肯的《三个三重奏》、刘庆的《唇典》、钟求是的《等待呼吸》、徐则臣的《北上》、李浩的《镜子里的父亲》、阿乙的《早上九点叫醒我》、伊格言的《噬梦人》《零度分离》、李宏伟的《国王与抒情诗》《灰衣简史》、卢一萍的《白山》、梁鸿的《四象》、路内的《雾行者》、二湘的《暗涌》、周恺的《苔》等作品在小说结构、小说世界观等方面均做了拓展和延宕，对长篇小说内部肌理进行了适度的调整和重建，有一种理性的异质性。当然，当代长篇小说更多的还是巴尔扎克式的传统小说。相对于长篇小说，短篇小说似乎在表达上更富有活力与激情，尤其是年轻一代的作家，他们大都受过良好的文学教育和文学训练，个人表达和诉求方面都呈现出一种张扬的个性，比如王苏辛、周恺、陈春成、王占黑、大头马这些二十多岁的作家，他们的小说既有丰富的个性化表达，又有着对世界相对独立的思辨。所以我觉得当下小说创作整体上看上去还算斑斓多义，当然，还是不能跟上世纪八九十年代比较。毕竟，那个时代发现和开掘了文学的新大陆。一切都是新的，一切都在被重新定义，理想主义还拥有众多拥趸。

在新传媒时代，传媒技术对文学起着什么样的作用？一方面，电视、网络等新媒体对文学经典的传播作用不容轻觑。改编自文学经典的影视收视率对图书销量可以说有着直接影响，同时，一些推介图书的读书栏目也间接推升着书籍的影响力。比如，豆瓣读书栏目、京东和当当图书排行榜以及读者口碑形成的传播范围，让我们惊讶于新型推介方式的巨大影响力。微信公众号的兴起也促进了文学的传播和阅读。比如著名文学刊物《收获》杂志的微信公众号，订阅人数达数十万人；公众号"为你读诗"，阅读量基本都是十万以上。

你以为这是一个没有人再阅读诗歌的国度，可你会发现，很多人跟你一样，心里一直栖息着"诗与远方"。可以说，新媒体通过其影响力、权威性和公信力，有效地、微妙地引导着民众阅读，并且将一小部分审美趣味和审美层次相同的人，以手机阅读的方式聚集到一起。

另一方面，新传媒时代，阅读与创作的功利化、浅俗化、娱乐化也是不争的事实。网络文学的诞生正是这一事实的最好佐证。本雅明在《讲故事的人》中，曾担心讲故事的人会消亡。而在网络时代，每个人都成了会讲故事的人。只要你会写字，似乎就意味着你就会写小说。在北京坐地铁，你会发现80%的人都在低头看手机，阅读的都是穿越、盗墓、玄幻等题材的小说。我不是说这些题材的小说不好，只是我觉得，如果一个国度的大部分公民每天最喜欢阅读的是快餐小说，那么我们拿什么谈文化自信和文化输出？

文学与新媒体技术的关系极其复杂，可归根到底，问题的症结并不在于二者。我个人认为，只有对公民进行有效的、长期的美学素质义务教育和经典文学阅读指引，才是祛除阅读粗鄙化、纯娱乐化的根本。只有对公民进行了有效的阅读教育，才会让公民分辨出什么是钻石。这时，新传媒技术也仅仅变成了技术而已，无论它如何变化，它只会对文学的传播、阅读与创作起到促进作用。

最后，我想说，文学发展有它自己的规律和特点。我对那种"文学已死"或"中国没有好小说"的说辞一直抱有一种怀疑的态度。那些不读书的人，或者读不懂书的人，总在强调文学的没落。他们不会知道也懒得知道，那些一心一意在小说之路上探索和行走的手艺人，发出了如何的光亮和热度，吟唱出了如何美妙的歌声。而这个时代，确实具有诸多不确定性，我们身处其间，随时能感受到巨大的气流和风云，譬如战争、譬如瘟疫、譬如恶人恶事或部分美德的沦丧。但是我一直坚信，有些东西是不会变的，比如对美的仰望，对善良、公正、勇敢、担当这些美好人性的信仰，对社会正义的诉求、对弱小者的同情心，对真理的好奇与求证——无论时间如何白驹过隙，这些照亮我们瞳孔和心灵的东西，会指引着我们踉跄前行。

小说家该做的，或许就是按照自己对小说美学的理解继续书写有意义或没有意义的小说。如果哪天，小说最后的一个读者死掉了，也没什么大不了。宇宙尚且不能永恒，何况一门仅仅诞生了几百年的文字美学？

新世代批评故事
——当前小说创作者面临的现状

阿乙

《人民文学》中篇奖、蒲松龄短篇奖、林斤澜短篇奖得主。做过警察、体育编辑、文学编辑。曾任《天南》文学双月刊执行主编、铁葫芦图书公司文学主编。出版有长篇小说《早上九点叫醒我》，短篇小说集《情史失踪者》《灰故事》《鸟，看见我了》《春天在哪里》《五百万汉字》，中篇小说《下面，我该干些什么》《模范青年》，随笔集《寡人》《阳光猛烈，万物显形》。作品已被翻译成多国语言。

路以树为界，分为两截，一截从世俗生活那边来，一截往文坛那边去。也可以说，一截从文坛那边来，一截往世俗生活那边去。

早上。太阳还在上升中。

爱斯特拉贡坐在树下的一块石头上，想穿上鞋子。他用两只手使劲地拽，累得直喘气。他筋疲力尽地停下来，一边喘气，一边休息，随后又开始穿鞋。同样的动作。

弗拉第米尔从世俗生活那边走来。

爱斯特拉贡：（又一次放弃）真拿它没办法。

弗拉第米尔：（走近）我开始相信了。（他停住不动）我一直怀疑这种想法，我心里说，弗拉第米尔，你要理智一些，你还没把一切都试过呢。于是，我就回来继续奋斗。（他对爱斯特拉贡）嗨，我说你呢，你又来啦。

爱斯特拉贡： 你以为呢？

弗拉第米尔： 我很高兴又见到你了。我还以为你一去就不再回来了呢。

爱斯特拉贡： 我也一样。

弗拉第米尔： 为了庆贺一下这次相聚，做点什么好呢？（他思索）站起来，让我拥抱一下你吧。（他把手伸给爱斯特拉贡）

爱斯特拉贡：（有些恼怒地）过一会儿，过一会儿。

弗拉第米尔： 呵，你以为我是想通过拥抱来获取你的鼓舞吗，不，恰恰相反，是我想用拥抱你来激励你。（挥舞双手）勇敢一点，朋友。

爱斯特拉贡： 勇敢什么？

弗拉第米尔： 你这不是明知故问吗？告诉你，我这次之所以回来,是因为我找到应对批评这个怪物的办法,或者说,即使我没找到应对的办法,至少也想清楚了它是个什么。我敢说你还没想明白,你是凭借着对声誉的不舍才回来的。(仰视上天)啊,说是声誉,其实只是虚荣啊。

爱斯特拉贡:我怎么没想明白?(自语)我确实没怎么想明白。我没怎么想明白,就又回来了。我这次回来,和一名愣头青式的战士发起第二次进攻,差不多是一样的,他寄希望于运气,他相信两次当中总有一次会成功吧。为了让自己运气好点,我还换了个笔名。(对观众)以前我的笔名叫"1336年4月26日",在这一天,一名叫弗朗齐斯科·彼特拉克的学者登上旺图山。现在我把笔名修改为"青铜",因为在贺拉斯的颂歌里,"没有比青铜更长久的了"。

弗拉第米尔:你在这里遇见我是遇对了。感谢那双不合脚因而让你踟蹰不前的鞋吧,是它让你在这里等到我的。而我,将赋予你真理。

爱斯特拉贡:我记得,当初也就是在这棵树下,在我们第一次朝文坛的方向行走时，你也是这么说的："而我，将赋予你真理。"后来，我们像是两名伤员互相搀扶着返回，在这里灰心丧气地分别。

弗拉第米尔：啊，你让我记起这段往事！当时，我们就像两架步枪，靠架在一起才互相支撑住，没有倒下。我记得我们在走向文坛之前，喏，就是走上这条路（指向通往文坛的那截路），还互相击掌，勉励彼此，要把可能受的伤都扛下来，谁承想，我们实际受的伤要比我们想象中能受的伤，大很多。用"连滚带爬"来形容我们的失败并不为过。

爱斯特拉贡：用"屎屁直流"也可以。我俩都哭了。

弗拉第米尔：只是你是完全因为受伤而抽泣，而在我的呜咽声中，隐藏着复仇的火焰。我哭，不是认命，我哭就意味着我要回来。我没想到你也会回来。我还以为只有我一个人回来。

爱斯特拉贡：瞧你说的，难道我就不能是一个要强的人吗？说说看，现在你要赋予我的真理是什么？

弗拉第米尔：说它是真理，它又不像真理，需要下刀山、下火海，或者需要用锤子对着砧石不断地捶打，才能得出。实际我们只要轻轻拨开覆盖在它身上的烟雾，或者说，只要我们不那么自欺欺人，移开遮住我们目光的我们自己的手，就一定能看见它。我们在过去竟然相信这样一个事实：只要我们向世界提交了自己的作品，就一定会得到表扬。

爱斯特拉贡：是啊，我们当时相信。

弗拉第米尔：就会得到肯定，甚至不是一般的肯定。当时的我是多么可笑啊，竟然认为那看到我的稿件的人三生有幸。他有幸看到我的稿件，还没看完，就把指头伸进电话机的拨盘，拨打我的电话，好通告如下事实："你写得实在太好了，你写的这篇小说是我近年来看到的最好的一篇小说。"现在看来，这完全是幻觉。

爱斯特拉贡：（机械重复）完全是幻觉。几乎是幻觉。是一场幻觉。

弗拉第米尔：想想，我们是多么幼稚啊。我们竟然以为一件作品在这个世界可以避免批评。

爱斯特拉贡：（振作）也许咱们得指明，这个批评是狭义上的批评。这个批评不包含表扬和肯定，仅仅只意味着否定和驱逐。它和表扬与肯定对立。

弗拉第米尔：对，就是你说的，使人不快的批评。我们竟然以为自己的作品可以免受这样的批评，想想，这怎么可能，这就和一名战士赤手空拳穿过枪林弹雨而毫发无损、一名小偷大摇大摆走进360°无死角的激光防盗系统而不被察觉一样不可思议。就是莎士比亚、马塞尔·普鲁斯特，也不能避免被批评，我们却认为自己能避免。而且我们这样认为不是儿戏，是很认真地认为。哈，现在想起来我们是多么好笑。我们就是带着这种加冕的期望推开文坛大门的，我们以为迎接我们的不是红地毯，至少也是一个礼貌的"请"字，不会比一家饭店给予我们的待遇差吧。谁知道——想起来都心惊胆战和让人愤怒——他们兜头就给我们来了一盆冷水。

爱斯特拉贡：哪里是冷水，是洗脚水、洗脚水（四川方言）。水里还有他们的脚皮屑子，以及从腹股沟搓落下来的汗泥。

弗拉第米尔：怪不得我总觉得那盆水富含某种沉淀与残留，黏糊糊的。哈，等待我们的是一盆洗脚水，以及一声断喝："滚蛋吧你。"之后只听砰地一声，门被关上了。

爱斯特拉贡：如果不是因为我俩在一起共同接受了这样的命运，我想仅凭我一人，应该就被这样的判决给震死了。当时我头皮阵阵发麻，舌头和四肢已经不受大脑控制，就觉得要倒下去，在一阵抽搐中死掉。你呢，全身湿透，衣角一直在滴水，你粘住鼻尖的某粒白色粉末——那指定是脚皮屑子——搁在嘴前，机械地用指尖揉捏它。我想你是在接受这让人错愕的事实，仅仅是接受这样一个事实就够我们花上一段时间的了。这样的事实就和我们兴冲冲地去叫爸爸"爸爸"，却被爸爸以一记撩阴腿踢飞一样冷酷。然后只看见大门上方的小窗户洞开，有一个人在放肆地大笑，他用指头戳着我们说："你们呀，写的啥啊，怎么看起来像我爹下乡记的流水账？"

弗拉第米尔：是啊，我当时就回击："孙子，我可不想做你爹。"我这样还击，满以为扳了个平手，可瞬间，我就被一阵更深重的痛苦攥紧。我其实输了两次。我还不如不占人家这个便宜，因为占了，我反而以自己的恼羞成怒，佐证人家所言非虚。可当时，谁能够做到云淡风轻、不把它当回事呢。唉，如今只要想及此事，我就还会和当初一样痛不堪忍。一三三六四二六我的兄弟啊，这种痛苦完全不受边际效应递减规律的影响。甚至可以说，它非但没有递减，还在递增。每天醒来，我都以为自己会迎来新的一天，可脑子却总是去想那件旧事。我再怎么命令它——"傻瓜，停止去想，停止"——都没用。这让我什么活儿都干不好。有时候，实在没办法，我只好躺平，配合它去想那件事。在想象中，我上千次地战胜这个批评的人，而且每次战胜的方式都不同，可以说次次赢得干净漂亮。有时候，兄弟你知道的，因为太过投入，我还在设想的同时脱口而出："孙子，你也有今天，服不服？"就好像自己真的用膝盖把他的头压在地上一样。

爱斯特拉贡：我压得他白眼直翻、白沫直吐、大小便失了禁。

弗拉第米尔：唉，这样的"胜利"它积累得越多，带给自己的屈辱却越是沉重。然后，有一天我冷不丁想到，在想象中被我压在膝下的批评者，其实是一个没有眼睛、没有眉毛、没有嘴巴、没有形状也没有名和姓的人，也就是说，我竟然忘记了他是谁，更准确地说，我从来就不知道他是谁。

爱斯特拉贡：（对观众）特别是在网络时代，你更不知道他是谁。

弗拉第米尔：他留给我的就是一阵疯狂的笑声。也就是说，如果现在上帝和法律准许我去除掉他，我竟然不知道找谁下手。茫茫人海，芸芸众生，你知道他是谁！他就是死了我也不知道。荒谬啊，一个批评我的人就是死了，我却还要受他那句可能是无心的取笑的判决的折磨。也就是想到这里，我对批评有了一个全新的理解。我发现：问题不在于谁批评了我，批评了什么，而在于我怎么理解和看待批评。也就是说，这事情的重心应该是在我这儿的,我自岿然不动,谁能奈我若何。后来却变成在他人那儿,他人——无论他是谁,哪怕只是一个三岁小儿——只要羞辱我一下,我就像一条愚蠢的鱼儿,急冲冲地去上钩,任由其摆布。

爱斯特拉贡: 等等,你刚才说上帝和法律准许你去除掉批评者,我想加一句:你除得了这个,也除不了那个。除非你拥有超越一切的暴力资源。

弗拉第米尔: 我没有。

爱斯特拉贡: 而且不是暂时拥有,是永远拥有,你才能使人闭嘴。

弗拉第米尔: 我们不要过多假设这种极端情况好不好,瞧瞧你,我都不记得我说到哪了。

爱斯特拉贡: 是你先假设的,你假设上帝和法律准许你去除掉批评者。

弗拉第米尔: 我接着说,说到底,我们还是对别人的评价存在依赖,太在乎别人的评价。

爱斯特拉贡：诚然。

弗拉第米尔：这就势必导致我们对好的评价存在渴望，对坏的评价存在恐惧。我们整个人因此变得贱兮兮的。你看，我们把作品提呈给一个人看，而我们在一边看此人反应时，表情是不是贱兮兮的？我们长时间咧着嘴，表面上装作无意，实际是很紧张地看着，看他一行行扫视自己的作品。可能因为早上吃了什么不好的东西，他啧了一声，我们就觉得是自己的文字让他烦躁，因此像是被什么夹了一样，双眼紧闭，几乎痛得弯下腰来。要是别人大声说"好哇好哇"，我们就害羞地说"哪里哪里，还需要修改，还需要修改"。唉，我们真是好不要脸，真是贱啊。贱婢弗拉第米尔，贱婢！

爱斯特拉贡：贱婢一三三六四二六，贱婢青铜，贱婢爱斯特拉贡。

弗拉第米尔：我们干吗得这样？仿佛这世上最重要的事不是创造，而是对创造的批评似的。为什么要赔这个笑脸啊？贱婢弗拉第米尔！贱婢！

爱斯特拉贡：贱婢一三三六四二六，贱婢青铜，贱婢爱斯特拉贡。

弗拉第米尔：因此我想到我遇见的一位自产自销的果农，他推着满车的苹果来到都市叫卖，人们总是放下这个拿起那个，或者放下那个拿起这个，嘴里说的都是苹果的毛病，不是太硬就是太软，不是长了虫就是打了农药，可他就是只顾着摇自己的蒲扇，不为所动。苹果自打生成，它就是只苹果，批评在吹拂、袭扰和覆盖它，却无法成为它的一部分。我们的作品也一样，它自打生成，就有了自己的本质，它不会因为批评就变得好吃，也不会因为批评就变得难吃。如果说因为批评就变得好吃和难吃，那是因为吃的人出现了幻觉。有数的农民不会因为别人说几句，就把车里装的苹果气哼哼地扔到街上的。

爱斯特拉贡：（沉思）把我们的作品比作苹果这么遥远的事物不太好吧，也许得把它比作母亲所生育的孩子，要是那果农卖的是自己的孩子，你看他允许别人这样放肆地点评自己的孩子么?

弗拉第米尔:不是苹果,难道我们就不能把它视作苹果吗?我们不能把自己的作品,从自己的孩子,看作是和自己没什么关系的苹果吗?超然一点,一三三六四二六,这是拯救之道。

爱斯特拉贡:那好吧,就是苹果。那我们的苹果自立了,不需要批评了,是不是就是否定批评。我知道,批评自古以来都被视为应该善待的事物。

弗拉第米尔:我并没有否定批评,我只是确立了创造的主体地位。也就是说创造的主体地位是创造,而不是批评。如果我们把批评视为主体,我们只需要收买评论家就好了,向他行贿(做搓钱状)。

爱斯特拉贡:有好多人就是这么干的,比如赵钱孙李周吴郑王。

弗拉第米尔:比如 ABCDEFG。

爱斯特拉贡:如果这样列举下去,5000 字任务很快就完成啦，我记得教授在约稿信里说文章最好写到5000字。而且我们什么事也不干，就成功了。究竟，我们不能把自己的道德建立在别人的失德身上。也不能把自己的有为建立在别人的不作为上。我在想，只有我们同意这一点——作品在创造完成之后就离开了我们，就自立于我们以及批评者——我们才能把批评纳为己用，才能得到它的帮助。也就是说，这时候，哪怕人家纯粹是对我们人身攻击，我们也能从中拣选出有益于我们下次生产的建议。我们才能感受到批评的善意。简而言之，我们只有把我们的孩子不当我们的孩子，才能泰然。

爱斯特拉贡： 当苹果。

弗拉第米尔： 对，当苹果，如果不把它当苹果，我们就容易成为它的民族主义者。

爱斯特拉贡： 此话怎讲？

弗拉第米尔： 就是碰都碰不得，人家一碰我们就发火，要保卫它。

爱斯特拉贡： 噢。

弗拉第米尔：现在，你，泰然了吗？

爱斯特拉贡：我，有点泰然了。

弗拉第米尔：我确实泰然了。正是意识到自己有了这种泰然的态度，我才下定决心重返文坛。我敢说你回来，是想赌自己的新作能获得成功。你是这样想的：谁知道呢，什么事都会发生，有时候人们口味正好变了。来，让我摸摸你的裤兜，我看那里鼓鼓的。（走过去搜爱斯特拉贡的身，搜出一大沓钞票，弗拉第米尔转身向观众扬动钞票）你看，做好了评论者不说好话就行贿的准备。你是从哪里学会这一套的。

爱斯特拉贡：我这么做并不是为了拖那些真正的评论人下水，不是为了收买他们，怎么说呢，我只是，为了防止一些有祸害权的人故意对我祸害。你知道各行各业都有敲诈者。

弗拉第米尔：你这么说我可不同意。虽然我对批评本身长期保持不满，但我并不认为，在这个行业存在什么敲诈勒索者。这完全是你的臆想。你这样想还是很滑稽的。

爱斯特拉贡：吃吃饭什么的。人还不得吃饭哪，民以食为天。人是铁饭是钢，啊。我不请人吃饭，别人也会请。这是惯例？

弗拉第米尔： 算了。（绕着舞台走了三圈，停下，摇晃着右手食指，重新对爱斯特拉贡布道）只有在内心泰然的基础上，我们才有可能去分辨一个事实：今天的批评，比往日，要多很多，狂很多，狠毒很多，也随意很多。这是明显存在的事实，却很难被我们感受到。我们总是认为，每个时代的批评都是一样的，不是一样，也差不多一样。这和每个时代所遭遇的自然灾害差不多一样，是一样的。但现在，只要你细细体会，就能感受到，这个时代的批评较之以往任何时刻，都多很多、狂很多、狠毒很多，也随意很多。你体会体会。

爱斯特拉贡： 我怎么体会？

弗拉第米尔： 你闭上眼睛，好好想一下，你就那么想一下。

爱斯特拉贡： （闭目片刻）我确实体会到了，我感觉自己身为一个稻草人，身上插满利箭，这使我像个刺猬。

弗拉第米尔： 这就对了。你再思考思考，是什么让我们这个时代的批评突然多起来了呢？

爱斯特拉贡：（思考）啊……有一个说法是这样的：现在网络越来越普及，网络把过去不能显现、很难显现的意见都显现出来了。事实上批评是没有增减的，只是现在显现得多了。

弗拉第米尔：有道理。但还是很难说服自己对不？你说服不了自己它就是这回事。

爱斯特拉贡：对，这个看法涵盖不了我们面对的现象。那是因为什么呢，我亲爱的弗拉第米尔？

弗拉第米尔：那是因为我们来到了一个民主的时代。这么说可能会引起争议，因为民主毕竟不是一个稳定的概念，那么我就说，那是因为我们来到了一个平等的时代。

爱斯特拉贡：平等的时代？民主、平等，这不都是好事儿吗？

弗拉第米尔：我就知道你会这么说。来，听听托克维尔此人怎么说吧。（从书包里取出《论美国的民主》，翻到折页处,边走边读)"当出身优势和财产优势彻底铲除以后,当一切职业向一切人开放之后,当人可以靠自己的力量爬上每一种职业的顶峰之后,广阔而舒适的前景似乎展现在胸怀大志的人面前,他情不自禁地认为,天将降大任于他。"(转身朝舞台另一侧走去)"可惜,这是妄想,生活经验每时每刻在纠正这种妄想。每个公民都可以为自己设想美好的前程,这种平等使每个公民作为个人都变得很软弱。平等从各个方面限制公民的力量,同时又听任公民的欲望不断扩张。"(转身)"他们摧毁了束缚人的少数人特权,却碰到了全体人的竞争。"(抬头)对,此处划重点:全体人的竞争。

爱斯特拉贡:我晕了,大哥你在讲什么啊?

弗拉第米尔:讲什么,讲真理。听不懂了吧,我就跟你这么说吧,在过去的时代,一个人要成为作家,需要拥有裁判权的人首肯、恩准和荫庇,如此他才算是据有写作这项特权,而在如今这个时代,一个人想要成为作家,他就可以去成为,不需要任何人批准。因此,现在写作者面对的不是几个人的竞争，而是全体人的竞争。

爱斯特拉贡：倍加晕乎了，难道存在一个写作还是特权的时代吗？

弗拉第米尔：难道不存在吗？你再好好想想。

爱斯特拉贡：（闭目）我感觉确实有那么点意思，过去的写作者并不是很多。首先，文盲就很多。那你定义的那个过去的时代是什么时代？

弗拉第米尔：王权的时代、专制的时代。

爱斯特拉贡：现在呢？

弗拉第米尔：现在就是我说的民主的时代、平等的时代。革命把过去只给几个人配置钥匙的大门推开，一下子向所有人开放。啊哈，是个人就意识到他贵族的可能性。你定然知道，每当奢侈品商店把价格调到普通人都能接受的地步，现场一定人山人海，结次账都要排队几个小时。文学殿堂的大门向所有人开放，带来的后果也是这样。到处都是来碰运气的人。因为文学和开饭店一样，毕竟不需什么学历和资格证。

爱斯特拉贡：有那么多人吗？我怎么老听人说"文学已死"。

弗拉第米尔：啥"已死"，每个人都在写好吧？主妇在厨房写，工人在工地写，很多人为了写作还办理了提前退休手续。文学的宫殿内可以说人满为患。然后我们就看见一种新的境况：人嫉妒和仇恨所有人，也被所有人嫉妒和仇恨。

爱斯特拉贡：这些观点都是你的吗，我怎么感觉不像？

弗拉第米尔：是勒内·基拉尔的。我并不害怕用他人的言论来填充自己的话语，只要这样的言论能带领我顺利通往真理。

爱斯特拉贡：我感觉这后一句话也不像是你说的。

弗拉第米尔：是弗朗齐斯科·彼特拉克说的。可这有什么关系呢。（用双手重重拍打对方双臂）勒内·基拉尔的理论就像一盏强力十足的航灯照亮我眼前漆黑的夜海。我得说，在这样一个机会平等的世界，我们遭受了太多额外的批评。这些批评全部来自同行。同行、同行、同行，懂吗？同行是冤家！不要分什么作者、批评者、读者，全是作者，全是同行。一些同行是明摆着地、故意地攻击别人，更多的同行在攻击别人时还不知道自己在攻击别人，还以为自己是在用批评帮助别人进步、是在爱对方呢，其实潜意识已经教他恶狠狠地攻击别人啦。因为在他的潜意识里，只有防范和仇恨。这也就是为什么人们喜欢厚古薄今的原因，因为人们不需要也不能够去抢夺古时候的荣誉，人们只能和同时代的人寸土必争。（张开双手）我还想说——

爱斯特拉贡：你还想说什么？

弗拉第米尔：我还想说：在过去的时代，批评即使出语伤人，它也是出于善意。而在当今，批评即使语气温和，它也充满内在的敌意。啊，可怕，可怕，人是人的天敌，人是人的狼。人害人，人吃人。啊，害人之心不可有，防人之心不可无。

爱斯特拉贡：（把情绪激动的弗拉第米尔拉到石头上坐下，快速拍打后者一边脸颊，试图唤醒他，唤不醒后走向前台对观众说）应该是病发了，谁能料到一别多日，再次相见，他已经是个精神病人了呢。他后来说的话，很明显，一个人只有得了受迫害妄想症才能说出来。你说，他和我一样，在文坛一穷二白，拿什么去让别人嫉妒，可他就像那些已经小有成就的人一样醉心于保护自己呢。（回头，大喝）泰然，泰然！

弗拉第米尔：人吃人，人吃人。

爱斯特拉贡：泰然，泰然！（见弗拉第米尔没有回音，走过去）得了，无论你是疯还是不疯，我都把你捎去文城吧。（弯下身子把弗拉第米尔架起来）

弗拉第米尔：（一边随爱斯特拉贡走，一边醉语）要我说，爱斯特拉贡我亲爱的兄弟啊，我们这次去文城，要是碰见批评，绝对不能吃暗亏，要还击。但是又不能让别人知道是我们在还击。希区柯克的电影《火车怪客》看过吗？甲提议由他去杀乙的妻子，由乙去杀甲的父亲。咱们也可以这样，我去攻击批评你的人，你去攻击批评我的人。

（声音越来越小，幕缓缓落下。幕完全落下后，又传来弗拉第米尔的大声喊叫："不是逼疯批评的人，就是被批评的人逼疯。"）

花粉暴动

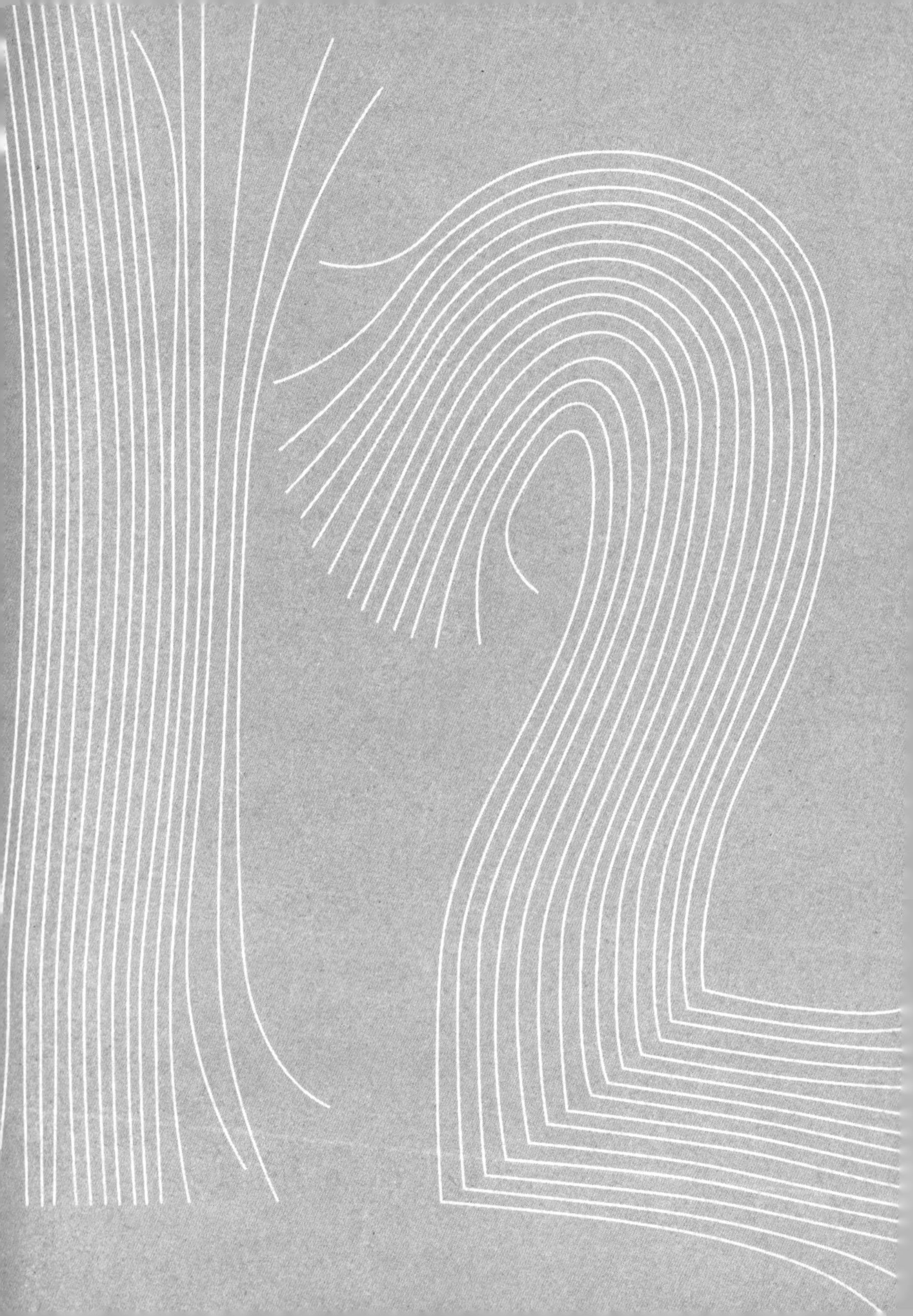

糖匪

作家,评论人。上海作协会员。SFWA(美国科幻和奇幻作家协会)正式作家会员。出版小说集《奥德赛博》《看见鲸鱼座的人》,长篇小说《无名盛宴》,目前有十多篇小说在英美法澳日韩意西等国正式发表,两次入选美国最佳科幻年选,获美国最受喜爱推理幻想小说翻译作品奖、《上海文学》中篇最佳小说奖和引力奖。除文学创作外,也涉足装置、摄影等不同艺术形式。

一

　　想象一个房间，纯白，极简，没有装饰，也没有家具，所有功能性物件以某种方式藏于纯白墙壁之后，等待同样纯白的按钮去开启。屋梁与门窗或者隔断——人们指望会出现在房间里的这些也一概没有。单单一个长方体。在这里，你无法区分墙壁、地板和天花板，如同人在太空会丧失方向感。高精度模具制造出的合成材料，表面光滑平整，以及绝对的白。连目光都无法在上面停留。目光不断地滑落，从一处滑落到另一处。目光在滑落的过程中理解这份绝对的白。渐渐理解这份白的虚无和空洞。这份白并不是所有可见光的集合。它是那种在凝视下将会成为透明的白。之所以现在被看见，全因为目光的不能停留，无法凝视。

这是一个现代生活空间，更是现代人类的精神写照。

我们被纯白的合成物包围，找不到可以让目光停留或者依附的经验。但这不意味着信息的贫瘠。恰恰相反，巨大的信息洪流疾速奔涌，海量文字图像视频经由终端设备永无止境地向外输出。我们的纯白房间则被卷入洪流之中。一切都在加速。信息加速增长，技术加速发展，经济结构社会关系加速变化。每分每秒正在发生的和那些分分秒秒一同，飞快地向后掠去，模糊成身后一片晃动的风景。心灵来不及为之震颤，身体来不及反应，连目光都来不及落下。

现实却没有因此慢下来。它索取回应——不仅仅是对周遭人和事的回应。正如时间被加速技术缩短，空间也被网络通讯交通技术压缩。触手可及成了诅咒，面对更多的索取，必须给出更多的回应。一个原始人需要用石器与猛兽厮杀，而一个现代人则深陷更残酷的战争，要在不断加速的现实中保证自身的主体完整。

面对大量被动甚至无意识接收的冗余信息，面对经过再讲过被扁平化处理后的知识，面对自身经验被割裂后的碎片记忆，接收无能成为常态。为了能快速做出反应，为了跟上节奏，有人选择放弃思考以及由此带来的责任，进行感官拼贴式的回应：让别人的感官成为你的感官，让别人的生活成为你的生活，让别人的经验成为你的经验，让别人的思想成为你的思想，用别人的话语装饰你的话语——在所有拼贴下面是完全的空白；又或者干脆忽视或者遗忘，麻木保护着我们，使我们免于疯狂。漠然作为黏合剂，将碎片粘合成带上标签便于检索的片段。假性的记忆。纯白之物。

白房间在最低程度上保护着我们，俨然进化出的新的精神"器官"，一如两栖动物的肺。新的平衡达成。那么生活呢？真正的那种生活——身体与心灵鲜活，作为一个人去经历此时此地正发生在他身上的事，作为让造物主最自豪的造物去改变这个世界，不仅仅是"活着"和"知道"，而且去经历——一种产生经验的生活，一种可以去回忆，甚至值得纪念的生活，它还在吗？难道它已经被替代成剩余物或快消品？为了获得轻盈的身姿，它任凭经验从它身上脱落，连同那些依附于经验而存在的事物一起脱落——比如小说。

小说该怎么办？

小说从经验中生发，在经验滋养中获得主题和素材。今天，被纯白合成物围绕的小说家似乎面临有史以来最大的危机：经验的脱落，以及由此带来主题与素材的枯竭。

二

回到那个房间。因为我们已经在且不得不在那里。

深刻的变化已经发生。技术不可逆地改变了我们的认知方式。衡量现实的尺度，对现实的感知，被我们构成的现实都已经迥然不同。我们懵懵懂懂地成了"新人"——所谓的"温和地走进良夜"。感知方式发生偏移，信息处理方式发生根本性变化，精神疾病的定义也在改写，甚至感受器官、神经系统也在发生变化。这就是在房间里正在发生的改变。改变隐藏在纯白合成物之下，或者说由于缺乏适宜的辨认机制，这些正在发生的重大改变被忽视了。

房间里的小说家面对的是前所未有的变化。之前观察生活获取经验的方式可能不再有效。在这里，需要习得新的辨认方法，进化出新的观看方式——一种在纯白之间游走却不穿透它的目光，捕捉到正在发生的变化，从房间内部打量以及体验隐蔽的巨变。

必须真正意识到这些变化的发生。它们是理解现代经验的路径，更是异常可贵的经验和小说主题：我们对时空的感知变化，人际边界感的确认与再模糊，个人主体性与消费主义无止境的缠斗，以及信息生物时代关于生命定义的一再更迭。

新的问题。新的主题和素材。在贫瘠下面，异常丰富的内容等待挖掘。孱弱的目光无力实现开采,需要唤醒休眠的感官,切身地进入到还没有被扁平化的日常中。首先尽可能地感受,先生产出自己的经验,别急于"想象"——那种直接套用书面知识或者刻板印象的想象。在今天,我们笔下的尤利西斯,不再需要18小时游荡街头,仅仅在下班回家的半个小时内,他经历的跌宕起伏可能不亚于都柏林的布鲁姆先生。他将通过加价选择车型以及上车点等手段和APP斗智斗勇,同其他叫车者角逐,在高峰时段抢到;刚上车就不得不加入到一场电话会议中,并可能因为对复杂的局势缺乏准确判断而蒙受损失,与此同时戴口罩却不遮口鼻的司机跟他聊起最近的房价波动,导航指令与司机带口音的声音混杂一道,在一个熟悉的路口,他发现城市绿化带换了新的植物,红色和黄色的蔷薇一道盛开,他仿佛闻到了番茄炒蛋的香味。环路普遍拥堵,所有的车无论贵贱停在原地。时间没有停滞。因为夜晚降临了。他的脊椎疼得更加厉害。一条信息跳出,告知他给某人买的水果已经送达。他按部就班像所有被调教过的消费者一样给了五星好评，没有注意到刚刚拥有的片刻休憩被这样一条信息切割成更碎片的时间。在安全到家之前，他还要经历许多场战斗，琐碎的，意外的，在觉察到之前已经输了的，在其他人眼里算不上却在将来对他意义重大的。

旧有的经验脱落，与此同时，新的经验正在产生，急需被辨认。

今天小说的问题与其说是主题素材的枯竭，不如说是感受力的缺失。飞速运转的现实令人晕眩，比起进入其中，站到过去静谧的阴影下一定更容易些。在那里只要回忆，不用感受。但在那里，没有小说。

只有一个没有指纹的掌印，一个没有问题的答案。

所以，感受吧。在纯白之物的困境中进化出新的器官，奋力去感受那些陌生的变化，体验新的尺度，就像想方设法要到达雌蕊的花粉。扩张强化我们的感受力，这将是一场花粉暴动。不计成本地传播我们的感受器，借助一切能借助的，为此演化出新的特质：为了借助风而变得表面平滑减少阻力，为了依附动物身上而长出微小尖刺挂钩。

调用全部的感受器,将所觉知的内容放到更广阔的框架下去体会和理解——感受现实。看到杀马特不止是看到夸张刺眼的造型,还要看到超时长单调乏味的流水线生产对青年的精神压榨与摧残,地区发展不平衡造成的劳动力流失家庭解体,主流文化对亚文化压制收编征用。试着明白所有这些强加在个体生命上会造成怎样的创痛。

辨识并且理解目前所发生的,将我们的花粉,我们的感受器努力去抵达这个世界。

三

花粉的暴动首先是一种劳作。

这里没有魔法,只有朴素的劳作:传播,授粉,开花,结果,再传播。遵照自然规律,主动争取更大生存可能的努力。

要去感受,小说家必须克服懒惰和惯性,克服怯懦以及无知带来的狂傲。为了更好地感受这种劳作，也许我们需要承认以下两个事实：

我们需要承认写作的平凡。它平凡如种植，锻炼，耕织，绘画，制鞋，编程，平凡如任何一项人类创造性的劳作，全部代表了生命的强烈主张。这些创作的冲动，是生的正向冲动，为了证明自身的存在，为了在无意义的碎片世界里获得意义，为了抵抗死——一种从单向无度消费开始的死。这已经足够，无需为它附加更多价值。是的，写作，没有那么特别，它就是生命自身的呈现。承认写作的平凡，并非拒绝其中的崇高性。它的平凡正是来自崇高性在人类诸多创造活动里的普遍存在。因为这样，小说家也不再是背负特殊使命的一族。或者说他所背负的，和其他人类背负的并没有本质不同。一旦意识到这点，小说家就能卸下不必要的包袱，像一棵植物一样相信自己平凡的生命，竭尽一切可能实践自己的生命主张。谦卑不属于德行，它是具备常识后的自然结果。它令小说家敏锐，令他的花粉更加轻盈，飞得更远。

其次，我们要承认小说的滞后。小说是对现实的回应，哪怕是对未来的书写，也是基于现实经验。感受然后回应，需要时间，书写修改，需要时间。哪怕是一部"现在进行时"的小说，等到它完成，也已经属于过去。不要去追赶这个时代，或者被技术追赶。小说的任务从来不是和时间赛跑。它不需要赢过技术和现实。它有大把的时间，也需要大把的时间。它不是科学期刊上的论文也不是新闻报道，它是"人类重大行动的模拟——关于生活幸福和不幸的模拟"。简单地说，小说就是一种游戏。

这么说，似乎是在诋毁小说。游戏是无用之物。然而人类偏爱无用之物。人类历史上诸多物质上的进步并不是单纯为了满足经济发展的需求。在中东，羊的驯化历史可以追溯到一万一千年前左右；而五千年之后我们才开始利用羊毛。人们认为驯养动物是一种奢侈，是财富、威望的象征，这样的观念早于将它们视为食物或原料的来源。制陶冶金这样的技术，最初只是用来制作装饰品和首饰，人类历史上最古老的工业化合物四钙磷酸盐，它的制造也不是出于经济目的，而是因为马格德林的画家需要一种特殊色调的颜料。在精神世界里，游戏同样有着特殊的推进力，至少在小说这里似乎如此。小说读者们对叙事的钟爱正是基于一种游戏的本能，在模拟中理解生存，暂时成为某个人，在命运的关口做出选择，然后直面选择的后果，游走在交叉的小径中间不害怕真正迷路。每一次阅读，对读者而言都是一种精神操练，为不可知的未来做的预备。小说正是通过这种方式对现在和未来负责，成为有效的文学，一种塑造心智品行为的大型游戏。在这个游戏场里小说家和读者进行着各种游戏比赛，唯独不和时间赛跑。

承认小说的滞后和它的游戏性，小说家因此拥有了自己的速度，像植物一样缓慢生长，散播花粉，落到看似平滑的纯白之物上，寻找雌蕊然后授粉，深切地感受。用生命本身的节律来度量时间，抵御碎片体验的冲击。只有拥有了自己的速度，才能洞察加速社会造成的内部创伤以及由此带来的异变。

拥有自己的速度，满怀游戏精神地劳作吧，丢弃那些要让自己变得伟大的想法，从散播花粉开始。

附：

小说不是唯一具有模拟功能的叙事艺术。戏剧音乐与它共同分担着同一任务。而当1889年卢米埃兄弟的蒸汽火车冒着滚滚黑烟隆隆驶入希欧达车站的电影被代入公众视野后，这些古老的艺术形式统统受到了威胁。电影电视当然还有游戏以更轻省更魅惑的姿态争夺人们的注意力。接着VR(虚拟现实技术)，AR（增强现实技术），MR（混合现实技术）的出现，于是形势更加复杂。虚拟现实侵入到现实之中，或者说成为另一层面的现实。世界的幻境唾手可得。人们无需借由抽象的文字去抵达幻境。新媒介崛起，传统艺术形式节节败退。不少人认为小说就像《美国众神》里那些失势的旧神几乎无路可退。

那让我们来看看是否真的这样？在波拉尼奥的回归里有一段关于死亡的描写：眩晕是因为死亡留下的印象……人一死，现实世界稍稍"动"一下就让人眩晕，这就好像你忽然间拿起度数不同的眼镜戴上，尽管和你原来的差别不大，但毕竟不一样……现实世界稍稍向右"动"一下，向下"动"一下，你和固定物体之间的距离就悄然发生了变化，而这个变化让人觉得是个深渊，深渊会让你感到眩晕，不过也没大关系。

什么样的镜头语言能表现出这样的心理深度，一种关于死亡的深渊意识？影视和游戏依靠画面、声音来讲述故事，而小说则通过文字塑造内心深度的情感。它们依附不同的媒介，也有着截然不同的美学逻辑，提供的也是不同的模拟体验。视听艺术能直接赋予受众身临其境的幻觉，无需向文字那样通过抽象符号唤起受众自身经验进入到具体情境中。这固然快捷高效，但因此也失去了两道重要的经验转化程序。第一是作者将故事、人物、情境转化成抽象文字，第二是读者将文字转化成具体故事。每一次的转化都基于转化者独一无二的生命体验，因而呈现出转化者独特的精神纹理，令这个游戏变得更加迷人和丰富。也许这就是小说仍旧是一个不可替代的艺术的原因吧。

默音

以文为食的人

默音

十六岁于《科幻世界》发表小说,并开始自学日语。2007年考入上海外国语大学研究生院,就读日本文学专业。担任出版编辑若干年,现为自由写作者。已出版小说《月光花》《人字旁》《姨婆的春夏秋冬》《甲马》《星在深渊中》。译有《真幌站前多田便利屋》《摩登时代》《赤朽叶家的传说》《家守绮谭》《雪的练习生》《京都的正常体温》《青梅竹马》等多部日本小说和非虚构作品。

日本作家武田泰淳与后来成为他妻子的铃木百合子相识于战后的兰波咖啡馆。那时，他是个写小说但没什么钱的新中年，她二十出头，在"兰波"当服务生。

兰波咖啡馆的老板同时也是昭森社的社长，那是一家出版诗集与美术书籍的小出版社，办公室就在咖啡馆楼上。楼下的店里提供私酿烧酒（战后粮食管制，不允许造酒，劣质的私酿酒通常以红薯为原料），文人们——例如《世代》《近代文学》的同人作者们，泰淳属于后者——常聚集在此买醉。泰淳在他晚年的作品《眩晕的散步》（中央公论社，1976）中写道，"每当烧酒售罄，她就抱着冰激凌机（形状像一只桶），跑去朝鲜人开的私酿作坊进货。店里总是摆着两瓶一组的茶色二合瓶，一瓶装了烧酒，另一瓶装了水。两瓶一组放到客人的桌上，巡警进来巡查的时候，便将酒瓶藏起来，只把水瓶留在桌上。酒瓶上写着暗号K（私酿烧酒的缩略），喝醉之后，经常会搞错。有一个客人喝得大醉，爬到警亭附近，大喊：'我刚在R店喝了烧酒！真开心啊！'巡警听了，连忙跑来斥责。"

他还写道，"从前她在R酒吧工作，一到黄昏，肚子就饿得不行。站在那儿，腿就开始抖。这时，只要咕咚喝一口给客人的烧酒，她就感觉肚子饱了。她有种凛然的勇气，眼睛开始闪闪发光。她喝了'炸弹'，也喝了'辣眼'（醉意会像爆炸一样席卷全身，光是将嘴巴凑近酒，眼睛就像要裂开一样疼。也有人喝了之后失明）。"

那时他们过的是今朝不管明日的生活。武田泰淳不会想到，若干年后，他会成为文坛重镇，和三岛由纪夫一起担任多项文学奖的评委。以及，他将在64岁那年死于肝癌。在荒芜又生机勃勃的年月间灌下的酒，还有整个创作生涯中，天不亮就起床写作的一个个日子里为保持写稿状态喝下的酒，最终逐渐蚕食掉他的生命。

早在写《眩晕的散步》前几年，武田泰淳经历过一次中风，右手不便，写作改成口述，由百合子帮忙做笔录。因此，泰淳在《眩晕的散步》一书最后写了致谢文，标题是《感谢有个身体好的老婆》。这本书出版于他去世前不久，在他走后获得野间文艺奖。

有件事耐人寻味。看起来像"散步随笔"、混杂了大量个人与时代记忆的《眩晕的散步》，被武田泰淳本人放在"小说"的分类。就好像他悄悄提出了一个曾被无数人讨论过的问题，到底什么是小说？

这个话题太大，也容易走入死胡同，且当一个引子放在这里。小说其实是最宽泛的文本形式，它可以是基于个人经验的，"看起来像真的"，也可以营造于想象的基础上。

还有一件事，同样是武田泰淳活着的时候不曾想到的。

多年来为他料理家事和写作杂务并养育女儿的妻子武田

百合子，身兼保姆、司机以及口述笔记员等多项职责的"身体好的老婆"，成了作家。

武田泰淳去世后，与他合作多年的中央公论社《海》杂志编辑部出于纪念的目的，从武田百合子十三年间的富士山居日记中择部分发表，从此掀起了可称之为"百合子浪潮"的阅读现象。完整的《富士日记》在1977年出版，三卷文库本至今长销不衰，武田泰淳的书则被岁月掩埋，成了小众书籍（并不是说他的书不好）。关于武田百合子的生平，我另有一篇长文《口述笔记员的声音》加以梳理，在这里谈点别的，和小说有关，也和小说的生产者有关。小说虽然属于作者，在小说形成的过程中，编辑经常起到意想不到的作用。

1969年1月，中央公论社的编辑村松友视拜访了位于东京赤坂的武田家，此行是作为责编上门寒暄。武田泰淳答应为即将于6月创刊的文学杂志《海》写一部长篇，名为《富士》。武田家从前些年起，每年往返于东京和山梨县富士山脚下的度假屋，两头居住。杂志主编觉得富士山的生活可以成为写作素材，便和作家大致商定了标题和作品的主调——类似山居笔记的小说。

村松友视知道主编的想法，但可能因为年轻人特有的热心劲儿，他带了一部和富士山有关的传奇小说给武田泰淳，说是供参考。后来他回顾，这本书带坏了。他带去的书似乎影响了作家的思路。总之，武田泰淳没能如约交出连载的第一章，事实上，作家一直拖稿，第一期连载终于登场，已经到了十月号。

《富士》序章的标题是"神之饵"，正如主编的建议，那是"我"在山庄的记录。涵盖了观察与思考，也隐含了若干不安定的因子。人类喜爱松鼠，却杀死老鼠。给出食物的一方是"神"，获得食物的一方是"受选之民"。"我"不想成为松鼠的"神"……

当村松友视带着序章的校样去武田家，武田泰淳浮现恶作剧的笑容说："你来猜猜看，接下来的第一章，会是怎样的内容……"

光看序章，很难猜测后面的发展。作家给了提示，下一章的标题是"'让我拔草吧'"，并对村松说，下一次你来的时候，带上你根据这个标题写的稿子，我用第一章和你交换。

在任何一个国家与时代，应该都很少有这样的作者和编辑的关系。57岁的作家并不是在为难27岁的小编辑，更像是真心觉得"这小子有趣"。村松友视回去后，也真的发挥想象，写了几页小说带去。他笔下出现了一个到访山庄的男人。此人对世界的认识和序章的"松鼠 vs 老鼠"一脉相承，在男人的眼里，人们被分类，一部分的人被蔑视和驱逐。此人向山庄主人提出"让我拔草吧"。结果，他留下杂草，拔除了主人种植的花草。

作家读完后一笑。"原来如此，确实也可以这样展开。"

武田泰淳笔下的第一章，情景遽然一变，聚焦战争期间一所精神病院的内部。"我"在青年时代担任医院院长的助手，正在写一篇名为《战争与疯狂》的论文。随着故事的发展，"我"眼中的病人和正常人的界限逐渐模糊不清……

《富士》一直连载到1972年6月。最终，这部作品成了武田泰淳少有的完成度较高的长篇，其中凝缩了他关于战争、人性的种种思考。

武田泰淳离世后，村松友视与武田百合子的交往持续下来，他还担任了《富士日记》的责编。

无从知道，那一章的"试写"是否给村松友视带来某种刺激。他后来屡次应征文学杂志的新人奖，均落选。日本的出版界经过战后的同人杂志风云时代，已逐渐演化出一套新人奖甄选制度。想要成为作家，在新人奖出道几乎是唯一的途径——当然，任何时代总有那么几个例外。

村松友视幸运地成为了例外。1980年，也就是他40岁那年，偶然受邀写的关于摔跤竞技的非虚构一举成为畅销书，使他从此走上职业作家的道路。两年后，他的小说拿了直木奖。他还有一部重要的作品，是写武田百合子的非虚构，《百合子女士是什么颜色：通往武田百合子的旅程》。

村松友视一直作为编辑和朋友支持武田百合子的创作。他在《海》期间有个同事安原显，也在日本文学史留下了浓重的一笔。或许该说是阴暗的一笔。

大约在1969年前后，村松友视因为和主编常有对立，提出想调换岗位（所以他其实在微妙的时机当上了武田泰淳的责编），主编招来了曾担任《Paidia》（希腊语：教养）杂志主编的安原显。后者早稻田大学法语系没念完，但有着对文学的直觉，是个不按常理出牌的奇人。

村松友视和安原显很快相熟，尽管安原显是为了顶替自己才被招进来的，村松友视感到，"此人不能放着不管"，于是他留在了编辑部。后来塙嘉彦当了主编，《海》的黄金时代拉开序幕。

日本的文学杂志都是约稿制，非常考验杂志编辑的人脉和眼光。1979年，村上春树以《且听风吟》获群像新人奖，"彼得猫"爵士乐酒吧老板的出道故事，全世界的读者想必都听得烂熟。获奖后的第一篇，他应邀为《群像》杂志写了《1973

年的弹子球游戏》。随后,"彼得猫"的常客之一安原显约他为《海》写个短篇。村上春树交出的稿子是《去中国的慢船》,毕竟是第一次写短篇,他有些不安,结果安原显说不用改,这样挺好的。

这段经过被村上春树写在《一个编辑的生与死——关于安原显》(《文艺春秋》2006.4)中,文章很长,口吻显得克制,但归根结底表达的是作家对安原显的不满。两人之间有过多年的友谊,但奇怪的是,从某一年开始,安原显就像变了个人似的,骂村上及其家属,写文章对村上的小说做出恶评。村上分析说,可能因为安原显试图成为小说家,却没能成功。他也看过安原显的小说。"我记得,我当时感到讶异,为什么这样饶有趣味的人,非得写这样激发不出任何趣味的小说呢?"

安原显于2003年1月去世,和他有关的诸多事件的原因和过程都已湮没。能确定的只有一点,他生前曾将村上春树的手稿卖给旧书店。无论从编辑的职业道德还是从做人的道德来看，这都是毋庸置疑的污点。

不过，人是复杂的存在。村松友视为安原显专门写过一本回忆录，《安原显的海》（幻冬社，2003），讲述前同事的天才与怪诞。

安原显骂过很多人，从大江健三郎到村上春树，却有一个人，他显得语汇贫乏，只会说那人是"天才"。

被他称之为"天才"的，就是武田百合子。

和村松友视一样，安原显和武田百合子的私交甚笃。当他离开《海》去了《嘉人》杂志，继续为新东家约到了武田百合子的随笔。在中国，《嘉人》是一本和文学没什么关系的杂志。安原显在任期间的《嘉人》刊登过村上春树的《再袭面包店》，吉本芭娜娜的《鸫》，可见其文学品味。

武田百合子在《嘉人》杂志从1988年6月到1991年4月连载的《日日杂记》，实质上成了她生前最后一本书。其间，安原显不断劝她写小说，"希望你写小说！我虽然这么讲，像现在的随笔也行，只要你觉得是在写'小说'，这就是'小说'。"

责编安原显的这番话乍看有点古怪，不过只要读过武田百合子的随笔，就不难明白。试从《日日杂记》（中央公论社，1992）摘录一段——

> 我在有乐町高架铁道桥底下买了糖炒栗子。拿出五千元的纸钞，买了一袋一千五百元的。六十岁左右的糖炒栗子店的大叔正在和一个五十好几的大妈站着聊天，他停止聊天，除了一千五百元的一袋，又抓了一把栗子放进红色小袋子，说是送的，和找零一起递给我。我说，你只找了三千块。他说，我给了三千五。我说，真的没有。这时，刚才的谈话被中断的大妈插嘴道："真的给了。我可是瞧见了。对吧？"
>
> 我说，可是真的少五百。大妈把绕在脖子上的蓬松的淡紫色布料松开少许，吸了口气，她化了浓妆、皱纹很深的脸上，往里凹的深黑的眸子闪着光。她使劲盯着

我，接着一把抓起旁边不作声的大叔的右手，辩护道："我的确用我这双眼睛瞧见了，这家的老板用手指，这根手指，这根，和这根，像这样，取了三张一千元的纸钞和一个五百元硬币。"原来她在和糖炒栗子大叔谈恋爱。我回到家，发现手提袋的底部有个五百元硬币。

读到这样的描写，我们又绕回了开篇一闪而过的问题，到底什么是小说？武田泰淳随笔风格的作品是他心目中的"小说"，武田百合子蕴含了故事张力的日常记录，我作为读者，也认为这是"小说"。

武田百合子于1993年5月死于肝硬化，终年67岁。年轻岁月痛饮的"炸弹""辣眼"，也许在不知不觉中对身体造成了影响。她的《富士日记》是许多读者（其中包括不少写作者）的"逃逸日常之书"，无论何时翻开一段，都能跟着武田百合子做一场短暂的旅行。

2020年初夏，在读《富士日记》的过程中，我写了一则科幻短篇，《梦城》（《湘江文艺》，2021.3）。故事发生在阅读几近消亡的时代，在新东京市，制作"视梦"（沉浸式体验电视剧）的制作人深町将他喜爱的作家的作品进行改编，投射到大众的辅助脑。他正在制作的视梦剧集，叫作《富士日记》。《梦城》的反乌托邦情景不算特别：很少有人读书，人人耽于被制造出来的梦境。在那样一个时代，作家T（武田泰淳）的作品不再被人阅读，Y夫人（武田百合子）的日常记录却以全新的媒体形式焕发又一波生命力。

写下这个故事，不单单是向武田百合子致敬，也透露出我身为写作者的不安。小说的未来，是不是真的越来越窄？毕竟谁也不能反驳说，《梦城》中的情景不会真的发生。

纵然不安，我仍然相信，人写下的每个字，会成为他的一部分。从作者的角度，有读者当然很重要，但被阅读这件事仿佛有冥冥中的力量；从读者的角度，无论文字的载体作何变化，总有那么些读者，在某些时刻邂逅他或她的命运之书。

在此分享这些"以文为食"的人们的故事,他们当中有作者也有编辑,有的人的作品至今不衰,有的人被其他作家的文字钉在了耻辱柱上——我这个异国的读者,亦是通过文字,望见他们的来时路。

王威廉

小说：成为文化的神经丛

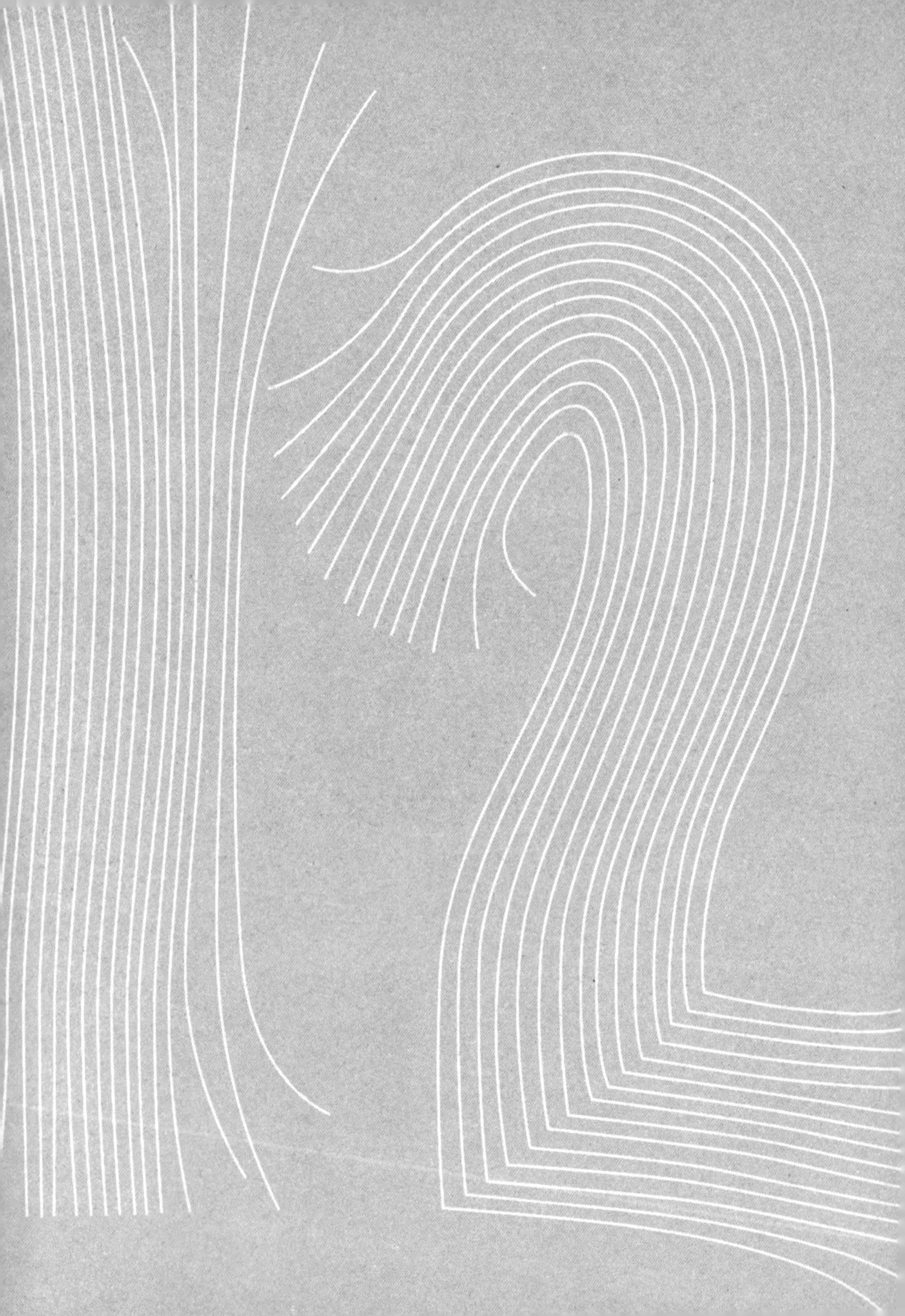

王威廉

先后就读于中山大学物理系、人类学系、中文系，文学博士。著有小说《野未来》《内脸》《非法入住》《听盐生长的声音》《倒立生活》等，文论随笔集《无法游牧的悲伤》等。部分作品被译为英、韩、日、意、匈等文字在海外出版。曾获首届"紫金·人民文学之星"文学奖、十月文学奖、花城文学奖、茅盾文学新人奖、华语科幻文学大赛金奖等奖项。现系广东省作家协会小说创作委员会副主任，兼广东外语外贸大学名誉教授。

小说的本质冲动之一便是它对于世界本身的持续命名。人类其他的知识类型总是希望和世界之间有着相对稳固的模式与解释，但小说是对处境的鲜活映照，是属于心灵的特殊知识。它追求的是鲜活与流动，所有概念化的僵死之物都是它的敌人。因此，好的小说既可以囊括科技带来的求新求变的那一面，也可以将这些新与变引领向那些古老而恒定的精神事物。关乎存在的"深度体验"正是在文学精神的烛照之下，让我们即使与他人耳闻目睹了同样的事物，我们的心灵体验也不会相同。这种不同正是个体得以保全自我的唯一途径。好的作家就是在竭尽一生去寻找这种不同，并让别人相信总有"不同"的存在，救赎的可能性就在那样的"不同"当中。这种"不同"就是心灵的自由，因此也就是人类最根本的自由。我们应该敏锐觉察到现代技术手段与传统的权力运作机制相辅相成的时候，就会以更为隐蔽的统治方式构成我们的新处境。

多年前，我的小说《没有指纹的人》就是这种思想下的一种表达，我试图从自己的切身体验出发，去发现那些隐蔽的社会网络。其实打卡制度在中国早已非常普遍了，很多城市上班族每天都要面对，比一日三餐还要精确，或说，是打卡精密地控制着人们的一日三餐。那种机器的精密背后是管理体制上的威严与无情，所谓的"例外"不再存在。但人类的多元性往往就体现在"例外"上面。当一个没有指纹从而不能打卡的人，其实正是这种困境的具体象征，他迫切地想穿过这种困境，去寻找真正的自由。即使世上没有真正的自由，小说也必须得保证这种寻找的可能性。

这就是为什么在今天这个科技高度发达的时代，小说仍然重要的原因。它藉由人类的心灵自由而使得人的存在不断产生意义，它为生命的存在提供本质性的想象力。我们对于想象力的理解，不能仅仅停留在对日常经验的超越上。实际上，这个时代的幻想也早已成为最为畅销的商品之一，影院上演着各种各样的科幻片和奇幻片，这些景观是我们日常现实的有机构成部分。想象力并非不切实际的奇思异想，大江健三郎在《为了新的文学》中认为想象力就是从根本上改变我们所被给予的、固定的形象的能力。而我们实际上被各种媚俗的、流行的、权力经济的形象所束缚着，我们在创作中找到一个真正属于自己的形象是极其艰难的，而且这个新的形象其实还要对既有的形象构成一种反讽与对话，想象力的意义才能就此流泻而出。[①]想象力是知识吗？想象力自然不是知识，但毫无疑问，想象力参与着知识的生成和生产，是知识获得不可或缺的条件。在康德的《纯粹理性批判》中，他提出了"创

---

① 参见王威廉：《巨型都市与艺术想象》，《青年作家》2018年第8期。

造的想象力"概念。"创造的想象力"最大特点是"把一个本身并不出场的对象放在直观面前",它不再是简单摹仿感性事物或影像,而是认知主体具有的创造性能力。[①] 而在海德格尔的哲学中,对想象力的重要性继续提升:

"想象力对于存在(理念)的实现的重要意义,正是由于想象力在存在物(理念)的形成建构过程中具有不可或缺的作用,存在物的概念(理念、存在)才能实现、显现出来。"[②]

也就是说,想象力不仅构成了我们的创造能力,想象力还决定了我们存在的显形,自然也从最深的程度上决定了知

---

① 史言:《巴什拉想象哲学本体论概述》,《徐州师范大学学报》(哲学社会科学版)2011年第3期。
② 帅巍:《想象力与超越——从想象力看康德与海德格尔的超越概念》,《武汉科技大学学报》(社会科学版)2014年第5期。

识的生成。不妨说，知识是想象力的某种具体的、延伸的、暂时的显形状态。

小说提供的心灵自由和想象力给人类提供了一种对自身和万物的感知结构，这便是文化对于诗学而言要么是一种照亮，要么是一种限制。作家奈保尔在《作家看人》中先细致地告诉读者福楼拜的《包法利夫人》中的叙述是多么地过人，然后他再提及福楼拜的《萨朗波》，开始追问一个如此卓越的作家为何突然变成了一个粗糙的情节剧式的作家？在随后的条分缕析中，奈保尔发现福楼拜的失败并不是作家的才情不够，而是一种观看与描述世界的方式的失败。福楼拜试图在一个完全古典的框架内加入太多的现代细节，结果导致这两者产生了剧烈的冲突，显得在过于宏大的同时又过于繁琐。而随后奈保尔用那位伟大的凯撒，以及西塞罗等古典著作家的文本，向我们展现了古典著作的简洁，以及这种简洁当中"视而不见的能力"，也就是一种选择性地呈现与掩盖并塑造历史的行文习惯。想想中国的"春秋笔法"就会立即领悟这种中西相通的古典写作方式。因此，奈保尔用福楼拜的例子为我们直观呈现了文化话语之于感知结构的作用，我们从其中得到了巨大的启示：那就是当我们写作之际，我们如果不能调适到一种符合时代的感知结构，即便如福楼拜这样才华一流的作家也会面临写作的无效和失败。

我们在这个人文危机的时代需要重新认识这种感知结构，并进而恢复对于人类和自然万物的整体性感受能力。人文危机在这个时代呈现出复杂的面貌，一方面人文社会学科借助于网络平台，各类话语的生产如井喷一般惊人；但另外一方面，这些生产出来的话语有多少可以称得上是传统范式意义上的"知识"，又在多大程度上能够对这社会和世界有所关怀和改变，则是令人深感疑虑的。斯坦纳曾经认为，诗学危机开始于19世纪晚期，它源于精神现实的新感觉和修辞学表现的旧模式之间出现了鸿沟。今天科技高度发展之后，生活经验的巨大变形更是极为惊人的，时空被压缩，人与人的联系便捷到不可思议，"精神现实的新感觉"也一定随之狂飙，那么这种新的变化跟旧的文学表达之间的鸿沟已经有些看不到边际了，这是人类在这个时代所要面临的极为重大的问题。因此，语言问题再一次成为时代哲学（如果这个时代还有哲学的话）的核心所在。

在海德格尔那里，语言是存在的家园。如果我们不能用语言来真正地表达我们自己，那么我们将会陷入一种沉默的状态，而这种沉默的状态在斯坦纳看来无异于一种黑暗。文学的沉默，是极其富有现代意味的事件。我时常想起法国作家布朗肖给自己的简介："莫里斯·布朗肖，小说家和批评家，生于1907年，他的一生完全奉献于文学以及属于文学的沉默。"这如墓志铭一般的文字，最引人注目的词语便是"沉默"。斯坦纳的沉默和布朗肖的沉默是一回事吗？这是一个意味深长的话题，但是这种文学的沉默是不容回避的。与文学的沉默相对应的，是各种言语的泛滥成灾。这个时代语言的功能正在迅速萎缩，因为修辞不再是一种醒目的美德，"颜值"才是。"颜值"以各种渠道直接作用于人的视网膜，

"颜值"不只是在隐喻意义上构成了我们这个时代的文化修辞。我们曾经通过语言想象那个书写者，或是语言描摹的人，那个人无疑是一个"内在的人"的形象；如今，我们不需要想象一个人，物质的形象不再需要转化成某种符号，然后再从符号的解读过程转化成先前的物的形象。这个过程伴随着巨大的损耗。或者，我们可以说，物质的形象与符号载体之间有了越来越近似的同构性。这是科技制造出来的视觉魔术。视频电话中人的形象，显然是经过了电波编码与解码过程，但是对于人眼来说，这个过程是不可见的，符号的中介特征被极大地削弱了。科技的趋势越来越明显，那便是更好地擦除或隐藏起符号的中介性，以至我们最终生活在中介当中却以为生活在现实之中。

语言本身有很大一部分是作为符号而存在的（自然还有一大部分是思维结构本身），因而语言也遭到了极大的挑战，语言符号的中介特征同样也受到了削弱。写作，个人化的写作，以生命经验和表达为依归的写作，而不是工业化生产的那种写作，变成了一种有难度的意义壁垒。而这种壁垒所要守护的，其实正是文学的沉默。我想，这沉默的性质正是反符号化的，是超越符号的。一部伟大的文学作品，恰恰是在触及这点的时候成为了伟大。我们必须得再次回到常识："语言"和"言语"是不同的，在现代语言学家索绪尔那里已经有了区分。"语言"作为存在敞开自身的巨大系统，浸润着语境中的每一个人，每个主体在其中得到持久的训练和学习，可以和语境中的另外一个主体传递信息和表达意义，这种个体的开口说话便是"言语"。"语言"是文化的，甚至从符号学的本质上来说是先验的，与存在的关系更加紧密，具备高密度的质地，而"言语"则是流动的，社会功能更多。当"言语"的泡沫大规模地滑向一种轻浮的狂欢，那么，我们将很有可能背离了"语言"之道，远离了人的存在。

当写作不再是从语言出发和回归，只是以言语的泡沫填充进一个工业化的模块之中，这样的文本实际上在更深的程度上呈现出了"互文性"的特征。克利斯蒂娃曾经给"互文性"

一个影响颇大的说法:"任何作品的文本都是像许多行文的镶嵌品那样构成,任何文本都是其他文本的吸收和转化。"[①]文本的大规模生产便是建立在对其他文本的"吸收和转化"上,这其中一定会出现某种类型化的趋势,这种类型化不只是出现在大众文化领域,同样也出现在精英文化领域,这让原本仰仗于文学史传统的艺术评价体系面临撑破的风险,价值和判断也变得混杂和盲目。这自然不是多元化,多元化是在分类体系中,各有各的清晰标准。这是一锅沸腾的卤煮,事物的面目在其中变得模糊不清。因此,在不同的文化文本之间建立一个大的人文整体观,是一种迫切的文化诉求。不同的文化文本自然包括的不仅仅是文学文本,我们不可能在今天把小说写作的互文性紧紧定位在文学史的空间之内,小说与其他的符号文本早已交互和生成在一起。其实在今天,小说

---

① [法]克里斯蒂娃:《符号学:意义分析研究》,转引自丁礼明:《互文性与否定互文性理论的建构与流变》,《广西社会科学》2010年第4期。

文本与影视文本之间的紧密联系超出一般认知，很多作家从影视作品中得到灵感，或是在小说文本中以影视作品作为叙事的一部分，在这个时代越来越常见。而在写作之外，我们甚至会发现很多人在日常交谈中经常把小说文本和影视文本混为一体，变成一种日常的故事形态，这可谓是文化文本之间"互文性"的典型。因此，我们必须对小说文本与影视文本之间的根本性差异进行辨析，这已然涉及到小说文体在今后有无必要存在的合法性问题。

首先，影视文本有其天然的局限性，再强大的视听艺术也不能覆盖人类所有的精神面向。以毕飞宇的长篇小说《推拿》为例来分析文学与影视的关系简直再合适不过了。这部小说的文字探向了盲人，这当然是一次巨大的挑战，但同时，我们发现没有比用文字去体贴盲人更好的艺术形式了。《推拿》被改编成影视剧，大家也是很喜欢看的，但是再怎么改编，都是无法超越原著的，因为原著包含了大量的心理描写，那才是盲人生活的真实状态。我们通过屏幕观看盲人，和我们在生活中观看盲人,是没有任何区别的。我们通过观看,是没法真正进入盲人的世界的,我们都不得不成为盲人的他者。但在小说中,我们通过文学想象力那道绚丽的彩虹,体验到了盲人的真实存在。盲人既不是街边戴着墨镜、拄着拐杖的人,也不是一片无边无际的黑暗,而是另一种生机勃勃的生命,他们改变了时间的性质,他们也寻思着暗中的欲望……而且,当我得知《推拿》变成盲文被盲人们的指尖阅读的时候,那真是像奇迹般的时刻。语言,终于刺破了物理学意义上的绝对黑暗。从一个更加广阔的角度来说,我们人类在宇宙洪荒面前何尝不是盲人一般可怜的存在呢?再比如,格非的长篇小说《春尽江南》是一部让我常读常新的重要作品,正因为作品中蕴藏着丰厚的"当代性",它的叙事覆盖了从20世纪80年代末到21世纪的第一个十年,共二十年的时间。2011年此书刚一出版我便读了,2021年重读,又历经十年,可并没有"过时"的感受,这是非常难得的。有太多书写当下现实的长篇小说,撑不过五年。因为这是一个迅速变化的时代，如果没有深刻的洞见，如浮萍般依附在时代表面的那些小说只会因为社会现象的快速变化而失去光泽。而《春尽江南》如一束光探进了当代中国人的心灵深处，尤其是观照了现代中国文化理想的溃败及其后果。其中很多思辨只能是小说这种文体才能发现与表达的，比如第三章《人的分类》，每个人都因为自身的立场而对他人进行分类并建立价值秩序，这样的分类与价值观在不同人群之间越来越难以沟通和调和——自"美国优先""贸易战""新冠疫情"之后，人类已经陷入到这种困境深处。小说中的"当代性"之所以弥足珍贵，就因为它不是物质层面的再现，而是有赖于作家的生命体验、思想能力与创造能力，去剖析我们在精神世界中所遭遇的困境与希冀。

其次，影视文本大大构筑拓宽了人类虚拟现实的边界，而只有影视文本的他者才能更确切地把握这种虚拟现实。也即说，虚拟现实是无法定义自身的，仍然需要语言的界定，否则人类对世界的认知将会发生错乱。只有语言的边界是稳固的，语言是人类在这个世界上的生存之根，因此小说的艺术才能自由出入现实与虚拟现实的领域而毫无障碍与误解。语言和世界的关系常常被比喻为镜子和事物之间的关系，仿佛镜中之物与外在之物有种一一对应的关系。这当然是一种幻象，这种镜子神话已经破碎了（但没有死亡，总有各种各样的力量试图让语言的镜子映照出自身的面孔）。在一些现代主义批评家眼中，现实主义是一面打碎的镜子，世界的真实隐藏在无数闪着光泽的语言片段中。但是，随着科技的发展。3D虚拟技术产生了，这也就诞生了许多纯粹来自想象力的科幻电影，无论是《阿凡达》，还是《变形金刚》，都将想象中的事物，变成了眼见的真实。虚拟的真实和世界的真实，如果单单对于人的眼睛来说，其实是无从分别的。在这点上，影视取得了辉煌的胜利，它大大拓展了"镜子"的面积。这样的视觉奇观让人们万分着迷完全是可以理解的。但很明显，随着时间流逝，这样的"奇观大片"已经不如一开始那样让我们为之疯狂了。仅仅为了眼睛这一个器官而努力，是注定无法长久的，眼睛是会习惯和麻木的，反而是那种超越了视觉信息的电影更加令人难忘。可以举金基德的电影为例，它像鱼刺，尖锐而腥臭，扎向我们心底的锈斑。而那超越了视觉信息而令人难忘的部分正是文学的精魂，这也就是金基德这样的导演，之所以被称为作家型导演的原因。"拟真"的确是一种特别可怕的技术，它会让我们完全模糊掉真实和虚拟的边界。当然，这也会促使我们对何为真实、何为虚拟，做出新的思考。我们发现，真实不是我们想当然的那样稳固，那样可以轻易确定。这是一个日益复杂化的拓扑世界。其实以文学界的写作为例，我们现在所经常谈论的虚构跟非虚构的关系，已经隐含了对这样问题的思考。所以，那种传统的现实主义文艺正在迎来最为严重的表达危机，如果没有一个物质化乃至本质化的现实，那么传统的现实主义岂不是变成了无源之水、无根之木？我想，对现实的重新思考将会是一个新的起点，也会是一个新的爆发点。话说回来，对高歌猛进的视听技术我并不排斥，我所强调的只是拒绝用视听技术来统治和涵盖生活中的一切角落，那样的确会造成一种退化，我们重新变成动物那样条件反射性地去面对世界是可笑的。因此，今天的写作也告别了不假思索的仓促，到了重新思考的时候了。这会是一个有益的停顿。如果小说不想成为电影产业链的最低端，那么写作一定要找到无法让影视吸纳的硬核。米兰·昆德拉曾经说过，他就想写让影视无法改编的作品。当然，影视界还是改编了他的《生命中不能承受之轻》，但那并没有吞噬原著，而是各得其所。再比如像马尔克斯的《百年孤独》，我们无法想象改编成影视作品会是怎样的，但我们知道那永远也不会超越原著，因为小说不是剧本，具有不可改编的巨大空间。

第三，传统的现实被虚拟的现实覆盖的时候，我们要思考传统现实与虚拟现实之间的差异性，而这点则会是小说的探索空间。当我们提倡关注现实的时候，我们必须回答一些基本的问题：传统的现实，就一定比虚拟的现实要好吗？为什么好？好在哪里？这不是容易回答的问题。在我看来，虚拟现实都具备某种强烈的乌托邦色彩，它和人类历史上所有的乌托邦一样让人欢喜让人忧，它不可或缺，诱人深入，却危机重重。虚拟现实完全以精神存在为基础，尽管它代表着极大的自由，但无疑，它弱化了身体的物质属性，自由最终会变成一种局限中设定的游戏。因为生命是有限的，而物质是无限的，生命之根必须扎根在无限当中，才能持续生长，否则必将枯萎。影视文本注定是虚拟现实中的王者，它无法自我摆脱其本质性的乌托邦色彩，而小说叙事则基于人类的存在母体——语言本身，因此小说不会沉溺在这个乌托邦的虚拟现实当中无法自拔，小说会更加保持住自身的反思精神和批评精神。

除却以上所说的根本性差异，小说文本无法被影视改编所吸纳的硬核，我在这里再试着简要归纳三点。

一、修辞之美。世上所有的真理都藉语言说出，修辞是我们借助语言的美学组合去触摸真理的口型。文学的修辞之美,是所有美的母体。没有修辞的世界是分崩离析的,是不可想象的。

二、思辨之美。现代学科,分门别类,各立门户,只有写作,能融汇各家思想,天文地理生物无所不包,并接入生命存在的鲜活经验,这种直接的、精微的、生机勃勃的存在勘探术,是影视没办法抵达的。毕竟,影视的思想更多来自象征与暗示,是间接的。影视的深度常常取决于观看主体自身的精神深度。

三、叙事之美。现在很多作家学习电影叙事,但实际上,现代小说叙事才代表了叙事的最高水准。想想《百年孤独》开篇那一句话有三种时态的叙事,小说家就会深感自豪。叙事的可能性,只可能在语言领域中得到最充分的探索,这种探索在语言中依然还有无穷的可能。而影视的叙事其实充满了裂缝,因为它对格式塔心理学的依赖程度是非常大的,让人脑的惯性自行去填补那些片段与片段之间的缝隙。因此,影视叙事的限度,在本质上要远远小于文学叙事。

在今天,影视文本的强势是毋庸置疑的,小说作为传统文艺形式中的王者现在不得不把这个王位的一大部分让给影视艺术。而在大众文化领域,影视艺术已经是绝对的王者,通俗文学不可避免地沦为那个王国的民众。通俗小说改编成影视剧,电影有可能对原著提升很多。比如金庸已经是武侠小说的顶尖人物,但他作品的影响力到后期主要是基于影视作品,而非小说文本。但是,一部经典的文学作品改编成影视作品,它的读者却未必会变成影视剧的观众,因为原著中有太多想象中美好的东西是不可能被改编的;即便可以改编的部分,如果改编得不好,还会损害原著在心目中的形象。我在这里强调这点不是区分雅俗文学,而是想强调小说的精英化趋势是不可避免的。一个严肃的作家过多地抱怨大多数大众读者不读他的作品,是没有必要的。我们应该清醒地认识到文学和小说在这个时代的位置与范畴,尤其是影视文化的强势更是要让我们更加深入地思考文学的内在价值。一个作家或文学批评家要稳稳地站在文学的核心区域工作，同时敞开思想的天窗，去广泛吸纳人类当代最优秀的文明成果，才能产生出强大的核聚变。而且，对于中国语境来说，小说还有其非常独特的必要性。不仅仅因为影视文本属于集体创作，而一流的想象力只偏爱个人，还因为审查制度以及各种各样机制的掣肘，让影视艺术的表现和探索受到极大制约。但是作家不同，他只需要极少的资源就可以最大限度地去呈现出他的才华，并且在文艺的核心领域取得最深刻的创造与影响。还有经典化的写作相对于电影工业更加具有启蒙意识，这种启蒙并非过去那种站在高处的布道，而是一种从自我开始的反省与思考，推己及人的一种持续表达。从这个角度去审视当下的中文写作，反而让我们意识到了小说的文化责任感。

我们在文化诗学的空间内辨析了小说与影视之间的复杂关系，并以此为方法让我们理解文化文本的互文性，以及背后的人文整体观，从而确证小说在当代文化中的本体内涵。实际上，当代的文学批评早已来到了文化研究的领域，那么我们在谈论小说的时候不可能对小说如影随形的批评话语视而不见。坦率地说，今天有许多关于小说的批评话语是僵硬的，几乎成了一种职业化的话语惯性生产，对作品没有恰切的审美判断，不仅与作家的艺术世界脱节，也和社会的实用性知识脱节，沦为无效的知识泡沫。小说家对于理想批评的渴望，便是能统摄作者、世界、文本这三者，形成对时代的整体性阐述。在这里，我认为小说的写作也需要有这样的批评精神，将正在写作的文本放置在了一个更为广阔的文化空间里来观照，甚至潜台词里不乏指涉了一个"超级文本"——那就是人类文化的整体结构。何为文本之间的唤醒？那便是一种意义的旅行，每个文本都在生成意义，也在照亮另外文本所生成的意义，但如果文本不能在一个大的文化结构中得到呼应，这种意义便是燃料稀薄的火焰，会很快熄灭。因而，有着批评意识的小说在我看来不啻是以这种方式在进行判断和遴选。

没有对意义生成和流动的辨析，没有对文本之间连接处的敏锐，写出的文本是无法获得深度的。能够让小说的文学成为不同文本之间游弋的技艺，才称得上是具备批评精神的语言艺术。无数散落在文化空间中的文本被思想的洞见连接在一起，生成了新的意义。试想没有荷马史诗《奥德修斯》，乔伊斯的《尤利西斯》将如何获得深度解读的可能性？因此，在今天写作小说需要有宽阔的文化视野，这不仅仅是强调写作所涉及的文化信息量要庞杂，更是强调要在发现文本的关联性方面展现出精神性的宽阔。在小说的写作中得以创造出一种恢弘的人文整体性。

如果我们以一种新的方式来思索小说的知识论意义——不仅将小说视为一种语言叙事的审美性表达，而是将之当作一种更自由、更洒脱地借助于多种学科知识对于时代进行思考的方法，那么这样的小说写作所展示出来的知识论对于我们时代的文化是十分重要的。也就是说，小说的写作过程中体现的也是一种针对固有知识的批评精神。批评精神应该成为每一个人的基本修养,而不仅仅是一个作家的基本修养。在这个时代写作,想要成为一个作家,在起源之处便必须具备一种尖锐犀利的批评反思精神,否则,便会陷入无效的写作。

在可以预见的未来,信息只会以几何级数泛滥和喧嚣,作为个体的人、乃至作为文化的人,都将持续变得无力和虚弱;尤其是随着人工智能的出现,人类难以全面分析的庞大数据,机器却可以轻轻松松地进行分析,得出各种各样的结论,这是特别吓人的,是对传统的人类能力的碾压。正因为如此,我们生而为人,更是要保持住洞见的能力。没有洞见,便无法洞穿这个时代的泡沫,更无法识破各种机器、机构及其话语背后的秘密。人的危机莫过于此。批评的精神是在写作实践中对生命意念的唤醒。批评的精神让人去辨析,去洞察,去创造,我们每个人必须具备这样的品质,才能保证我们依然作为有价值、有尊严的生命生存在这个世界上,而不是被机器所吞噬。具有批评精神的人进行小说写作则是用语言的感知结构去发掘和塑造人类的精神,将那些分裂的知识在叙事艺术中弥合起来，形成人类文化处境的整体性观照。换句话说，当代社会文化的身躯因为信息泛滥而营养过剩、增重太快，有许多地方只有臃肿的脂肪与粗大的肌肉纤维，还没来得及长出丰富的神经丛；而小说的叙事正是神经丛一般的存在，所谓小说的艺术便是能让这个庞大的身躯逐渐恢复整体性的感受能力。

卢卡契谈陀思妥耶夫斯基的作品时，他认为："发掘到最深处，这些作品提供了那个时代的精神的、道德的和世界观的问题的全貌，其完整性是当时未达到过而以后也永难以超过的。"[1] 也许19世纪的完整性是我们不能达到的，但其实我们也不必去怀想19世纪的完整性，我们这个时代需要我们这个时代的完整性，只是这种完整性需要重新发现与定义。而这种发现与定义无疑是当代小说最重要的探索方向。

---

[1] ［匈］卢卡契：《卢卡契文学论文集（一）》，中国社会科学院外国文学研究所外国文学研究资料丛刊编辑委员会编，中国社会科学出版社1981年版，第430页。

张悦然

"我"的复兴

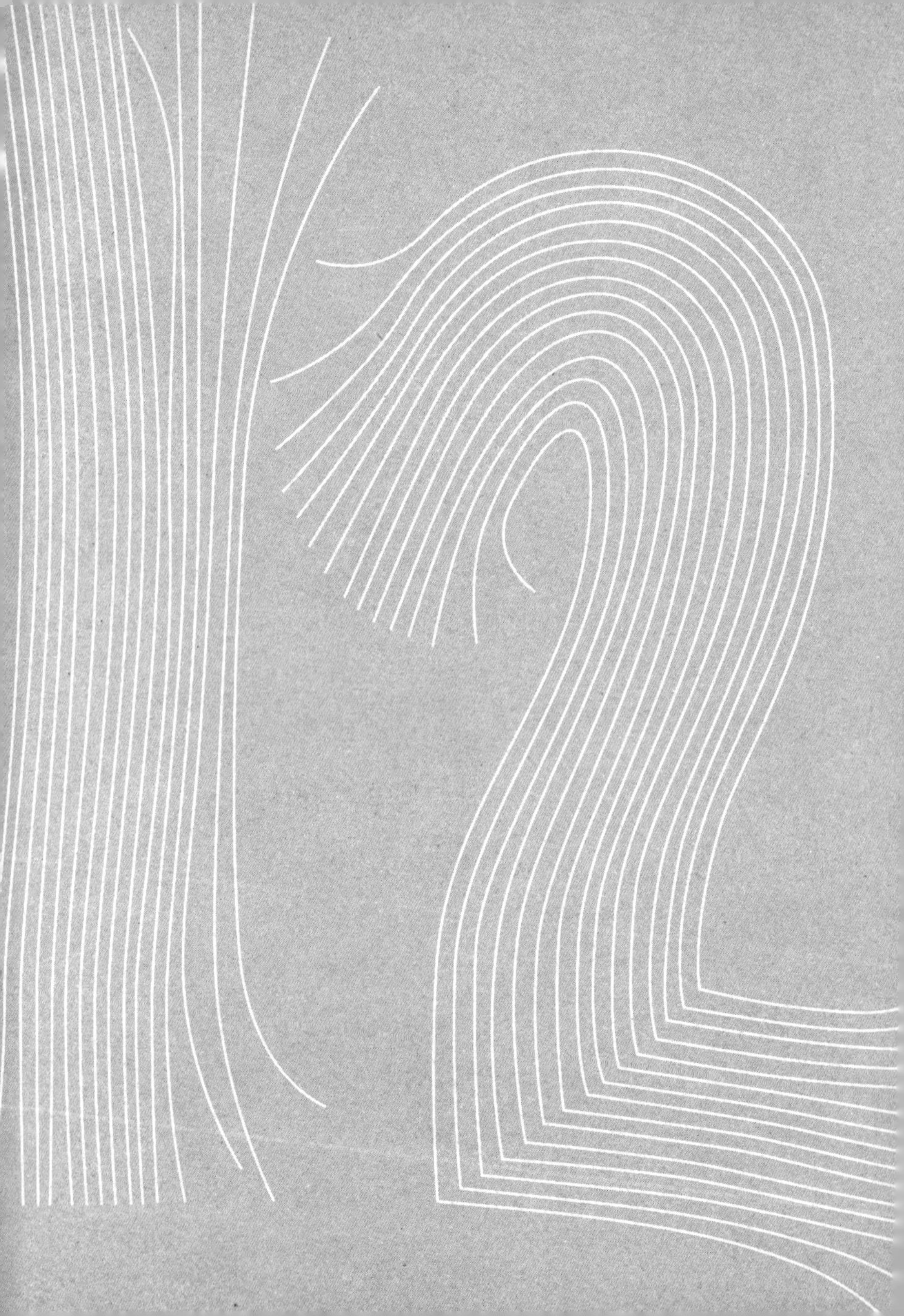

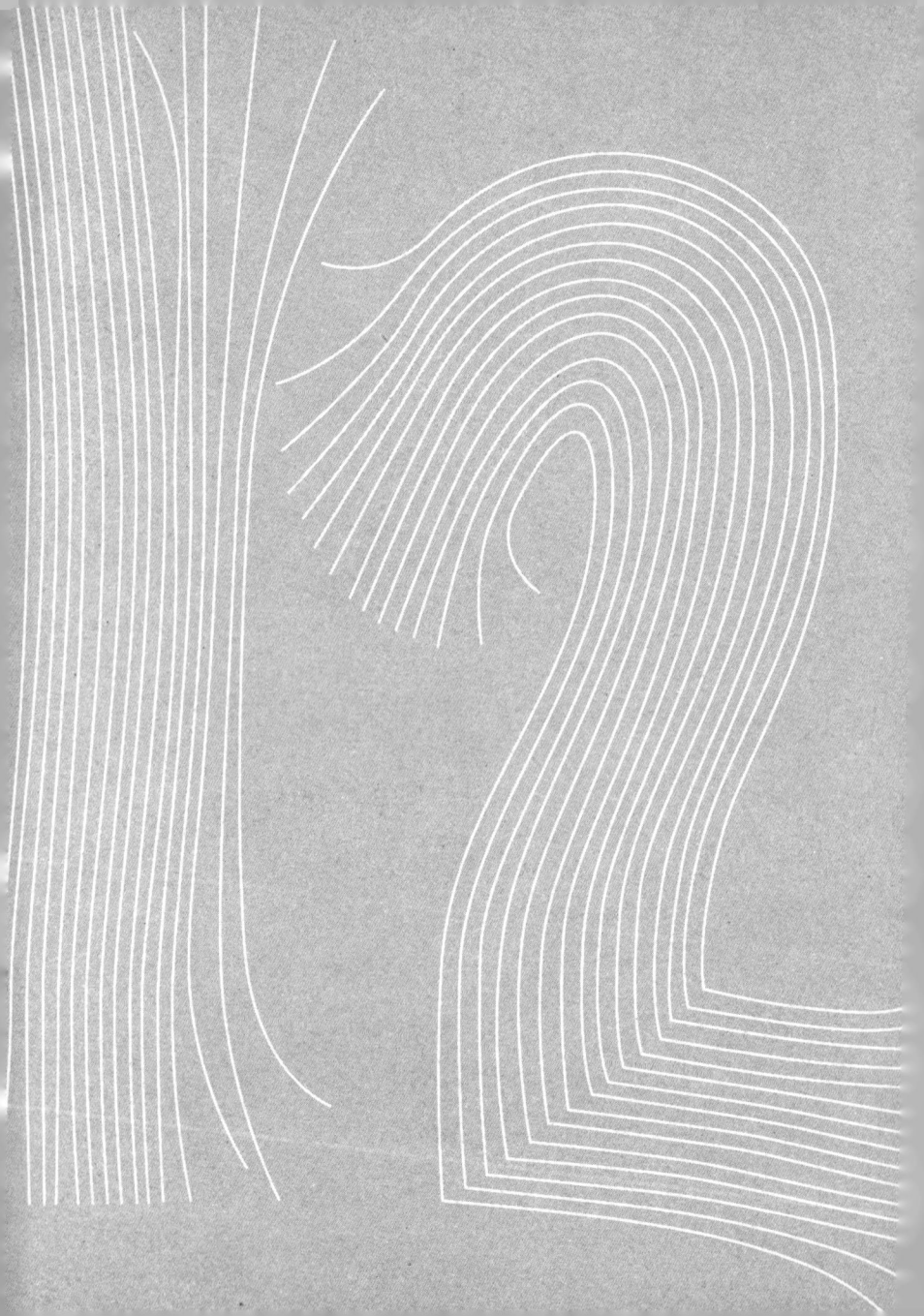

张悦然

著有长篇小说《茧》《誓鸟》《水仙已乘鲤鱼去》《樱桃之远》，短篇小说集《我循着火光而来》《十爱》《葵花走失在1890》。曾获得"华语文学传媒大奖"年度杰出小说家奖。短篇小说集《十爱》入围"弗兰克·奥康纳"国际短篇小说奖，长篇小说《茧》被评为"2016年《亚洲周刊》十大好书"。

一直以来，我努力将生活和写作加以区隔。我很少在写作中使用自己的生活素材，主人公通常在身份、性格等方面也和我存在一定的差异。这给我一种幻觉，那就是我可以更加客观、不带个人感情地叙述，将作者的观点和态度藏匿起来。这套从福楼拜或者亨利·詹姆斯那里学来的叙事美学，被很多创作者视作是更高级、更专业的、更完善的小说方法。事实上，近年来对小说的阅读和思考，使我早已不能认同这一点，然而我却仍在奉行这一标准，其原因是在捍卫那条生活和写作之间的界线，或者更确切地说，是对揭示和暴露自我所表现出的抗拒。这当然主要是我个人性格的缘故，但同时我也感觉到，我们所在的文学环境，保护了这种性格。它鼓励作家将自己和自己的虚构世界分开，那个虚构世界应该是公共的，是容纳着作者之外的其他人的。长久以来，我们所提倡的宏大叙事和史诗般的小说，都在督促我们把目光和心思从自己的身上移开。舍弃小"我"，才能成就大"我"。然而大"我"里其实并没有"我"。因此我们看到，很多作家似乎都在写和自己没什么关系的小说。"我"这个人称，失去了广阔和丰富的应用，像个废弃的器官一样不断萎缩。

然而在另一边，欧美文学新世纪的二十年，却是自传体小说大行其道的二十年。与我们这里的萎缩的"我"相反的是，那是一个愈加充盈和发达的"我"，在这个壮大的"我"里，似乎包含着某种文学的新希望。

或许我们可以先从挪威作家卡尔·奥韦·克瑙斯高的《我的奋斗》说起。这部小说和埃莱娜·费兰特的《我的天才女友》可能是过去二十年世界文学范围里最受瞩目的作品。二者有一些难以忽略的相同点，比如都是系列作品，出版周期绵延多年，作家腾飞的声名就像一架喷气飞机，载着主人公的命运不断向前飞奔。另一个共同点则是两本书都带有自传性。然而，"皮之不存，毛将焉附"，由于费兰特本人身份的镂空，《我的天才女友》的自传性无法证明，只能说，是其真实感带给读者这样一种感受。《我的天才女友》的自传性有多么虚缈，《我的奋斗》的自传性就有多么结实，以至于成为一只吞没隐私的巨兽，克瑙斯高的朋友和家人都为其所伤，其中有些人甚至诉诸于法律。无论自传性是真的还是假的，两部作品都在题目中就言明了这将会是"我的"故事，不管"我的"是一种挟持，还是一种邀请，作为显明的叙事策略，最终它们都成功了。

自传体小说当然不是什么新发明，然而不可否认的是，它在近二十年里焕发出巨大的创造力。詹姆斯·伍德在为修订版的《小说机杼》所作的序言里谈论了这一现象，并指出其背后的原因：很多作家厌倦了编造虚假的故事，并穷尽其气力使之看起来像真的。的确，在这个时代，编造故事早已不是作家的特权，社交媒体的发达，使我们可以无限近距离地观察别人的生活，这些人吃什么牌子的麦片，穿什么牌子的内衣，昨天做了怎样的梦。我们习惯了索取这种程度的真实，但同时，我们甘愿承担某种风险，亦即这一切都是假的，这是从前只有在读小说的时候，我们才乐于接受的愚弄。如果说虚构作为一种技艺，那么它在这个时代一再贬值，相反的，人们对真实的要求却不断提高。作家会发现，现在他挤进一个与自己差异巨大的人物里，受到的束缚远比过去要大。这种束缚来自于"真实"所带来的压迫感。一个美国人让笔下的主人公是中国人，一个男作家写一本关于女性议题的小说，都要接受远比过去世代大得多的挑战。

从19世纪无所不能的上帝视角到20世纪平等隐忍的限制性视角，再到21世纪，连人物身份的可能性都受到了限制，小说家似乎在一再出让自己的领土。从这个角度来说，《我的奋斗》的确像一首让人丧气的挽歌，——难道那些飞檐走壁、穿墙而过的想象力魔法早已失传了，现在作者哪里都去不了，只能困居于自我内心的斗室？然而，好在如果真有小说的领地这么一说，它也应该是一个多维的空间。也就是说，它在一个维度上的退守，有可能意味着它在另一个维度上的拓展。我们会发现，在近二十年流行的自传体小说里，很多作者试图打破文体界限，将某种"非小说"的东西带入小说。文体形式的拓展，又使小说的领地不断变得广阔。

《我的奋斗》的一大贡献正在于打破了回忆录和小说之间的边界。事实上，从一个人如何界定《我的奋斗》的文体，可以看出他的小说观念是怎样的。在国内发表的书评中，有一种说法或许可以代表很多中国读者的看法，作者认为《我的奋斗》不能算小说，因为它所使用的材料，都来自作者的个人生活。显然，在这种认知里，小说是一种更具有传奇性的文体，即便可以在现实取材，也必须经过充分的改装。然而我们如何知道《我的奋斗》里所使用的材料都是真实的呢？谁能做到去逐一去核实里面的每个细节呢？就算所有的细节都是真实的，当它们发生的顺序产生了变化，还能否算是真实的呢？事实上，对另外一些小说读者来说，《我的奋斗》毫无疑问是小说，正是因为它重新组织了时间。重组的时间就意味着有作家主观意志的介入。由此引出的问题是，很多回忆录难道就没有重组时间吗？像大卫·希尔兹（David Shields）这样的读者，则怀疑有没有真实的回忆录，既然我们都知道，"歪曲"是记忆的天性。他在他的宣言体著作《现实饥饿》里，宣判了小说的死刑。但事实上，他想要强调的是，小说和回忆录有一种融合的趋势。在他看来，回忆录里的主人公，并不是真正的"我"，而是根据"我"的经历建立起来的人物，因此回忆录和小说距离现实的距离是一样的，或者说，回忆录本身就是现代小说的一种，而且还是在这个小说不断边缘化的时代里，最具有活力、最受关注的那一种。大卫还在他的著作里强调了"甄选"的价值，他认为回忆录的作者虽然不得不使用真实的细节，但是如何甄选它们，和凭空创造具有同等重要的价值。我们所身处的这个时代，每个人都淹没在过量的、根本不可能全部接收和消化的信息里，甄选和编辑变得尤为重要。它赋予杂乱无章以秩序，赋予虚无以意义，这正是克瑙斯高所做的事。这位像是被废去了全身武功的小说家，凭借着蛮力和异乎寻常的耐心，将自己庸常、乏味的生活剪裁成了一件艺术品。《我的奋斗》的流行，成为了大卫这番宣言的完美佐证，它实现了小说与回忆录无限充分的交融。这种极致的"反想象"，给小说这一文体带来了破坏性。克瑙斯高的追随者可能会提出这样的问题：一直以来我们是否高估了想象的价值？或者，——想象是否能回应我们生活里的所有问题？

虽然《我的奋斗》以常人难以忍受的六卷长度去展示平常和琐碎的日常生活，形成了一种独特的风格，但是人们也很难不注意到普鲁斯特的《追寻逝去的时光》对克瑙斯高所产生的影响。显然在克瑙斯高的文学野心里，仍保留着某种男作家对鸿篇巨制的执念，使他在挣脱文体束缚的同时，又受到了一种约束。在这一点上，加拿大女作家希拉·海蒂（Sheila Heti）的《房间里的母亲》所实践的文体突破，则显得更为自由。这可能是因为，包括希拉·海蒂在内的很多近年来的女性自传体小说，都深受琼·狄迪恩的个人化散文的影响，在文体基因上更偏散文，流露出轻盈、灵巧的特质。《房间里的母亲》的自传性，主要并不是表现在使用了作者的个人经历，而是探究了现阶段困扰作者的人生议题。具体来说，就是要不要生养孩子，成为一个母亲。小说中的人物使用了希拉的名字，同样处在三十岁末尾的年纪，职业也是作家。小说从女性、爱情、事业、家族等角度探究成为母亲的意义，几乎穷尽了对这个议题的讨论，同时，作者也在层层深入地剖析自己为什么对成为母亲感到抗拒。除了理性的思考之外，希拉还引入一个神秘的力量，——她声称这是从易经中学来的占卜之法，即提出自己的疑问，通过掷三枚硬币，根据正反面得出"是"或"不是"的回答。例如：

问：那些不传递自己基因的女人会受惩罚吗？
答：是的。

问：难道基因不能通过她创作的艺术传递吗？
答：不能。

这种问答时断时续地贯穿于整个小说。奇妙的是，我们明知道回答是随机产生的结果，没有道理可言，却仍觉得在"是"与"不是"背后必有深意。那些回答时而冷酷，时而温暖，时而无所不知，时而并不比我们知道得更多，如同来自一个忽远忽近的上帝。长久以来，上帝几乎在现代小说里销声匿迹，小说家不知道有什么办法能让他们笔下的上帝不受自己的控制，显现出独立的意志。而在这部小说里，希拉为我们示范了一种将上帝邀请到小说里的方法。她在一个采访里说，她只是如实记录下每次掷硬币的结果，即便那个回答听起来毫无道理，她也绝不会更改。她所希望的正是让渡出一部分作者的权力，给文本注入不确定的因素。这种人神对话般的问答，一如希拉所提及的《圣经》里雅各与天使角力的故事，事实上是她在与自己的意志搏斗。这部小说记录的正是搏斗的整个过程,她深陷其中,并不比读者更早知道结果。所以这部小说具有一种"同时性",也就是说,读者的阅读和作者的书写似乎发生在同一个时间。这无疑增添了文本的真实性,其效果就像观看一部同步拍摄的纪录片。作家们经常说,他们试图用这个小说来探讨当下困扰自己的问题,然而他们书写这个小说所使用的经验却是早已发生在他们生命里的,有时二者之间存在着一种明显的断裂。作者必须剪裁和改装他早年的经验,使之适应新的问题,就好比把修剪整齐的盆栽摆放在园林里,细心的读者总会在其中发现人造的痕迹。然而希拉希望小说是一个有机的生命体,它自己朝着不可预料的方向自然生长。为了实现这一点,希拉尽力避免讲述过去的经历,用已经有结论的故事来塑造自己。这部小说里的事件,都是在希拉决定写这部小说之后发生的,或者说,它们中的相当一部分,是因为希拉写这部小说才发生的。这部小说就像一场实验,作者将自己放置其中,她也想知道,自己会发生怎样的改变。因此,虽然并不以情节取胜,也几乎没有完整的故事，这部小说却具有一个巨大的悬念，能够驱使读者一直读下去，这个悬念就是希拉的最终决定是什么，她会不会成为一个母亲。这个悬念不仅仅是小说本身提供的，还来自于作者真实的生活。读者会有一种担忧：假如在写这本小说的过程中，作者希拉偶然怀孕了，那么她将如何处置这个孩子，如果她打算生下孩子，也意味着这部小说必须推翻先前所建立的论调，朝相反的方向走去。小说塑造着生活，生活干预着小说，希拉·海蒂对自传体小说所进行的改造，实现了小说与生活的进一步交融。

国内对于自传体小说的认识，似乎仍停留在君特·格拉斯和阿摩司·奥兹式的自传体作品上。也就是说，使用这种文体的前提是作者拥有传奇性的、非同寻常的经历。如果没有战争、种族和政治所带来的迫害，至少也应该有家族秘密和个人灾祸。在这种定见之下，生长在城市、拥有安稳且同质化生活的年轻一代创作者似乎全体丧失了使用自传体的资格。但是我们应该看到，《我的奋斗》与《房间里的母亲》

才是属于这个时代的自传体小说，里面没有宏大的背景、奇崛的故事和极端的人物，有的只是平凡、无聊、琐碎的生活。然而却有如此多的读者热忱地阅读它们，或许因为除了文学，没有任何另外一种艺术可以如此深入地去剖析和理解这种平凡、无聊和琐碎，并从中找到某种意义和价值。

我似乎在探讨自传体小说上花费了太多时间，然而我的意图并不是要鼓励所有创作者都去写自传体小说。事实上，那也并不是每个人想写就可以写的。要做到充分地袒露自己，深刻地理解自己，绝不是容易的事，从某种角度来说，那也是一种天赋。我想要说的是，自传体小说在这个时代焕发出的活力，或许来自那个与作者本人紧密相连的"我"。一个无限贴近作者的"我"，意味着作者不用给"我"化妆，所以不需要后台，可以从生活径直走向舞台。毋庸置疑，这会给小说增添真实感，但更值得注意的是，这将在很大程度上扩大了"我"的自由。或者说，二者本来就是相互关联的，因为增强了真实感，所以叙述者将会获得更大的叙事自由。

在这种自由之下，我们看到了各式各样的文体探索。想一想塞巴尔德小说里的"我"，那个幽灵般透明的"我"，只有这样一个"我"，才可以如此轻盈地穿梭于影像、游记、回忆录等多种文体之间，并把它们天衣无缝地编织在一起。或者再想一想蕾切尔·卡斯克的《边界》《过境》和《荣誉》（"一个知识女性的思考系列"三部曲）里的"我"，那个扮演着疏离的倾听者的"我"，只有这样一个"我"，才能从另一个角度重估那些被讲述的故事，松动或者瓦解它们顽固的意义。我们应该看到，在这样一些现代小说里，"我"早已不是一个被塑造出来的人物，它又像小说发明之初时的叙述者那样，扮演着无处不在的神明。我愿意将这种"我"的自由，视作小说复兴的一粒火种。

双雪涛

与火焰的距离

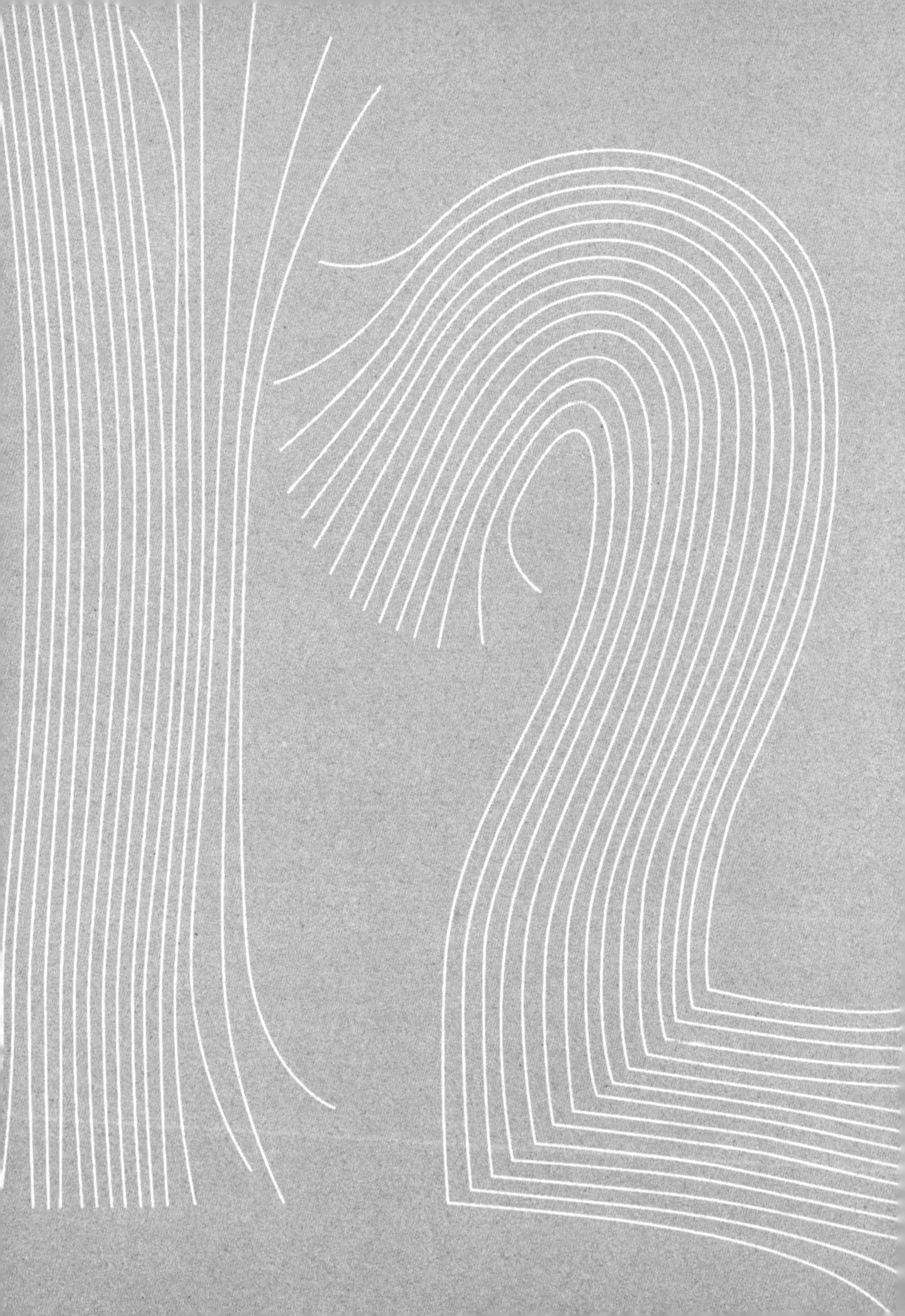

双雪涛

2011年以小说处女作《翅鬼》获首届华文世界电影小说奖首奖。2016年起，先后出版小说集《平原上的摩西》《飞行家》。2017年4月，获第十五届华语文学传媒大奖"年度最具潜力新人"。2018年5月，凭借小说《北方化为乌有》获首届汪曾祺华语小说奖短篇小说奖。2020年10月，以作品《猎人》获第三届宝珀理想国文学奖。

小说只是一个词语，名词，或者用更通常的描述，是一种定义，不过实际上并没有人能真正完成这个定义，说清楚小说是什么。目前我们使用的小说的意思，应该比较接近西方的一种叙事文体，也就是以欧美为中心的从18世纪之后随着印刷术和市民文化的迅速发展通过大量作家的个人实践所形成的一种文体的名称。而这种叙事文体通过五四时期和改革开放之后的大量译介涌入中国（当然在新中国建立之后到改革开放之前我们依然有一些小说的译介，甚至有些翻译家完成了杰出的工作，但是总体从品类来说，无论是题材还是流派，还是稍显单一）。随着域外小说的概念来到中国，必然要与中国本来的叙事文体已经形成的思维相结合，才能继续演化成我们越来越习惯称之为小说的概念。中国的叙事文学的传统当然是极为丰富的，把一段历史，变成故事讲出来，把一个问题，当做一个故事讲出来，把一首诗歌，用故事的方式写出来，吟诵出来，这在中国都非常常见，不但是庙堂之上的史官，被贬的官员，落地的秀才，颠沛的诗人，就是一个老百姓也经常会使用这种方式，将一切融入故事之中。另外，中国是一个用了大量心思记录历史的国家，以至于我们各代学者，都或多或少首先是一个历史学家。历史本身，当然是故事，故人之事，过去之事，凝固之事，不过在很多史家看来，很多历史就像新叶一样娇嫩，或者至少像茶叶一样值得反复冲泡，品味，因为所有人为记录下来的历史，都远远不是客观的，除了故意的疏漏和扭曲之外，更多的是记录人下意识地把自己放入了书写之中，所以所有文字历史，必然都有创作的痕迹和基因，最典型的例子是战争，很多战斗的内幕旁人根本无法知道，那顶决策者的帐篷容不下几人，而且这几人也有一些会在战争中死去，谁传出了口信？详细记录了每一个人的立场，想法，甚至争论，辩驳，谈笑，决策，最后举起的酒杯的纹样？在预知了结果之后，史官便多少获得了重建过程的自由，所以中国大量的历史记载的森林里，藏匿了数不清的虚构的动植物，而我们现在极多的头脑中以为是历史的段落，笃定的客观存在过的故事，很可能只是当时某个执笔人故意或者非故意地编造或者更学术地说，是将历史细化成虚构的产物。这里有一个简单的例子，《左传》记载，晋灵公对忠臣赵盾的劝谏忍无可忍，便派遣鉏麑清晨去行刺，鉏麑到了赵府，看见赵盾规矩而恭敬地做着上朝伴君的准备，心中颇感触动，于是如来时一般悄然退出，感叹道："不忘恭敬，民之主也。贼民之主，不忠；弃君之命，不信。有一于此，不如死也。"言罢，以头触树而死。（翻译参考理雅各所译《中国经典》。）被刺者不知，行刺者沉思，而后死，那这个故事和其中的心理活动到底是谁得知的呢？

中国传统的四大名著里，除了《西游记》之外，其他三部或多或少都是历史小说，可见历史的书写对于中国虚构的叙事文学影响之巨（且不说更多的评书，话本所依托的历史资源）。金圣叹批《水浒》时，频频提到《史记》："《水浒传》方法，都从《史记》出来，却有胜似《史记》妙处，《水浒传》已是件件有。"在这种环境下，中国的叙事习惯必然与西方后来出来的独立的小说文体有很大的区别，我觉得比较典型的就是，在历史的天空里创作，会天然形成一种客观感，或者是建立在此事为真的基础上的故事。

"云长是个义重如山之人，想起当日曹操许多恩义，与后来五关斩将之事，如何不动心？又见曹军惶惶，皆欲垂泪，一发心中不忍。于是把马头勒回，谓众军曰：'四散摆开。'这个分明是放曹操的意思。操见云长回马，便和众将一齐冲将过去。云长回身时，曹操已与众将过去了。云长大喝一声，众军皆下马，哭拜于地。云长愈加不忍。正犹豫间，张辽纵马而至。云长见了，又动故旧之情，长叹一声，并皆放去。"

虽然这段描述里充满着小说的笔法，夹杂着动作，对话，心理，悬念，甚至云长大喝那一声，完全是最精彩的虚构的褶皱，但是阅读的感觉还是会感到写作者在本着讲一件真实存在之事，且绝没有任何要欺骗读者之意的原则在写作。所以作为后来人，我可能会认为包括明清笔记小说在内的很多中国传统的叙事文学，具有自认天然真的逻辑出发点，这也说明了包括唐传奇在内的志怪仙侠一脉的特别之处。不过结合这些作品产生的历史时期，会有另一个问题，作者真的认为自己写作的东西是不真实的吗？这些也许是听来或者看到一个局部的故事难道就没有真实的可能吗？亨利·詹姆斯有一篇小说叫做《真品》，我想在某一个层面上很好地阐释了中西方两种小说观念演进的区别：画家在辞退莫纳克夫妇转而使用一个意大利流浪汉做模特之后（这夫妇二人就是画家所画插图所需要的淑女和绅士本人，是活生生的事物，是一成不变的真品）说："他们虽然接受了自己的失败，但是他们不能接受自己的命运。他们在有悖常理的残忍的法则面前惶惑地低下了头，凭借这条法则，活生生的事物可能远不及虚幻的事物珍贵。"

中国传统小说中强调"真"的出发点，也就很难发展出独立的小说文体意识。换句话说，小说这种叙事文学因为从来没有建立彻底的虚构的合法性所以没有成为彻底独立的艺术形式，而西方小说更准确地说是欧洲小说在《十日谈》《堂吉诃德》之后，逐步发展出虚构文学的独立品格，也就是以"假"为出发点，追求艺术上的另一种质地之"真"，尽管在英文里"历史"（history）与"故事"（story）词源也形同。卡夫卡从1914年8月开始写作《审判》，也就是与未婚妻费丽塞解除婚约后，到了1915年初停笔，并将自己的这部作品视为"艺术败笔"。与此同时（前后相差不超过十年），历史小说《孽海花》在中国风行，短时间内再版十余次，鲁迅在《中国小说史略》中称其"结构工巧，文采斐然"。是否可以说一种叙事体是来源于《圣经》的传统而另一种叙事体来源于《史记》的传统？也许无法下如此武断的结论，不过世界上是否还有像中国这样的国家对现实主义写作推崇备至如此经久不衰的？可能确实也不多见。就像《雷雨》的生命力终究不如《茶馆》，古龙的影响力到底比不过金庸，新时期影响巨大的小说里，或者说，离我们较近的四十年的新经典中，历史现实主义的小说依旧占据着核心位置，《平凡的世界》《白鹿原》《尘埃落地》《穆斯林的葬礼》《活着》《繁花》，就连科幻小说《三体》都充满了历史的元素。中国人对"真"的渴望，对史笔的眷恋，对于小说要讲一个有血有肉几可乱真最好就是真的故事的诉求，可以从这些长销书的质地中看出来。有一阵子提出先锋作家对现实主义的回归的概念，不管这个概念是否是真命题，"回归"两个字是准确的。

　　国家在形成自我的过程中所析出的文化因子，决定了艺术家的样貌，一个国家必然也被自己的艺术和艺术家所塑造。历史产出了左丘明、司马迁，左丘明、司马迁亦用笔缔造了国家的传统。而莎士比亚、普鲁斯特、巴尔扎克和卡夫卡也建立了西方的某种文化秩序。中国本土的很多作品是上述两者碰撞的产物，中学为体，西学为用，史笔似乎目前依然是法定的大作品的基本调性。不过随着网络媒体的兴盛，各种非虚构作品的出现，以及信息爆炸下的大众对真相的求之而不得，写作者队伍的年轻化，中国小说的面向正在发生悄然的变化，尤其是新生代的作家们，很多开始不在乎历史到底是什么，而是从"我"出发，观察世界，甚至出现了一些充满宗教感的"六经注我"的以我的体悟为一切起点的作品。资本的快速流转和媒体的泛滥，导致了人的孤独和对真相的怀疑，也就给予了新的小说形式以新的土壤环境。但是完全抛却了历史的中国小说，似乎像钟摆一样，在某个时间段会回到历史的坐标上，或者说时间长了，总会想钻到历史这件宽大的衣服里，这可能是独属于中国作家的某种钟摆理论。不过也许新的作家们在考虑新的问题，小说这门叙事艺术，也正在中国显得更独立，更像小说，因为其他的工作其他门类的人在做，而更像艺术家而不是历史学家或者公务员的小说家也正在增多，面向未来的科幻小说亦在快速发展。如何在中国的写作基因里找到新的路径，更好更杰出地发展"小说"的概念，是中国作家的一个课题，而且这个课题是可能有创造性的解法的，毕竟亚里士多德就认为，历史与虚构的区分只是程度上的，不具范畴性，而相较历史而言，艺术似乎离哲学更近一些，因其更忠于普遍真理而非一时一地的事实。下面是希拉里·曼特尔的《狼厅》里的一段话：

> 晚上到处都能听见圣骨的碰撞声，能看见无数的火把在闪烁。一队竹马唱着歌从他们身边咔咔地经过，还有一群人头上戴着鹿角，脚上系着铃铛。快到家时，有个装扮成橘子的男孩与他的朋友柠檬一起从他们身旁滚过。"格里高利.克伦威尔！"他们叫道，并礼貌地朝作为长者的他举起一片上面的果皮——而不是脱帽——致意。"上帝保佑您新年快乐。"……他们走了。他坐到

工作台前。他想起了格蕾丝,想起她扮演天使那晚后来的情景:她站在那儿,在火光的映照下,因为疲惫而脸色苍白,但是她的眼睛炯炯有神,孔雀翅膀上的眼睛形图案也在火光中发亮……丽兹说,"离火远点儿,宝贝儿,不然你的翅膀会点着的。"

这是某一种处理历史的方式,当然不能说是完美的,但是你可以在其中感受到小说感是什么,又如何将历史大胆地变成了虚构的资源,或者作为一个艺术家的小说家的工作方式。另外一点,我将这段话的结尾看做一种隐喻,虚构跟现实之间的隐喻:离火远点儿,宝贝,不然你的翅膀会点着的。可唯有站在这火旁,她的眼睛才炯炯有神。两者的顺序亦很重要。

郭爽

风暴眼

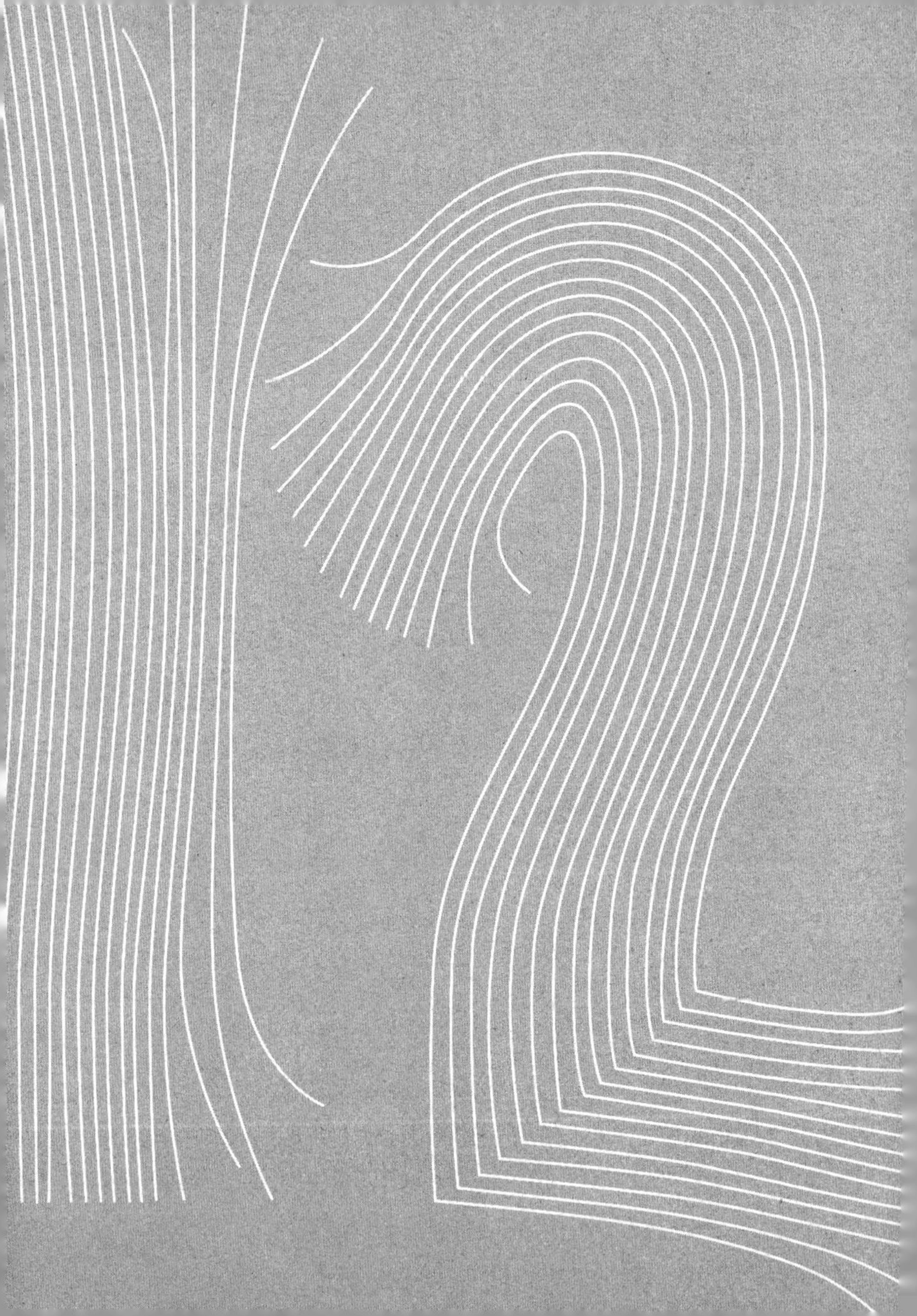

郭爽

毕业于厦门大学中文系，曾就职于南方都市报等。出版《月球》《我愿意学习发抖》《正午时踏进光焰》。获《小说选刊》年度大奖·新人奖、《钟山》之星·年度青年作家奖、山花双年奖·新人奖、西湖·中国新锐文学奖等。

有时，我会想起那个跳水坑的人。行刑前，他的胳膊给捆紧了，走路不太方便，但步伐很稳。狱卒抓住他的双肩，但当他看到地上有一滩积水形成的浅水坑时，他稍微侧身，灵活地避开了。周围，狗在叫着，狱卒和刽子手只想赶紧结束这一单任务，男人自然也知道前面是不可躲避的死亡，但在那一瞬，没有人能阻止他跳水坑。甚至他自己，在理性判断之前，已由人内在的自尊驱动而做出行动。只要还是一个人，就不会对水坑视而不见，任由自己的双脚踏入泥潭。

这个奥威尔笔下的小故事提示出人内在尊严的顽韧，不能简化之为"本能"。自然，与行刑相比，与死亡相比，跳水坑算不得什么，但对这男人来说，他恪守了内心与行为的统协。

写小说，是创造出一个作者独有的新世界，它来自于现实经验，但不等同于实存世界。这其中的核心是作者的内心，如库切一本书的书名所概括的，它是一种"内心活动"。无论社会环境、时代风尚、价值观念如何变迁，当作者决定写小说时，他向着内心而去，通过文字的劳作搭建起完整的新世界来，这是对深层自我的忠实，是写作行为与内心图景的统协。这是我理解的小说和小说家在做的事。以下我从自己的写作历程及时下尤其值得注意的一些问题出发，试着谈谈小说的现状与可能的未来。

经验的膨胀与内心的真实

我的小说写作可从《拱猪》算起，这篇小说给了我"入场"的可能，也让我确认可以写得跟别人不同。细究其中力量的核心，不在于代际、社会现象这些浮于表面的字眼，我也反感将之拆解为题材、元素来分析的做法。《拱猪》这篇小说的力量在于它提炼出了新生的但具体的人际关系，洞察到一套与现有社会结构并行的组织方式，再用小说的方式将其固定。而让不同的世界统协在一起的是象征的美学，是经过纳博科夫所说的"棱镜"过滤过的产物。从作者角度而言，其中让我释然或安慰的是，在抽象的思考之下，编织文本的是牢靠的、细密的人际关系，是人和人之间、中国社会里最细微的经纬，也是一个个活生生的人。这是我写作小说的起点，是我的"非此不可"，想要从困境中突围，想要获得清晰的视野，想穿透迷雾般的现实。

很难说是不是我曾经的新闻训练让我具有了社会学的洞察视角和对新生事物的敏感，但写作这篇小说，多少让初出茅庐的我对小说有了直接的体认：小说可以无所不包，但最核心的是人心。这一体认对我来说是至关重要的，就像人常常经过河流，但只有脱掉鞋袜、涉入水中，才会真正知道水的世界是什么。水的奇妙重力与密度包围又拉扯着你,一点点淹至胸口。而从水里看出去的世界是不同的。我以为小说写作也如此,只有在写作中才能感知写作。即使有朝一日掌握技巧、成为涉水的老手,但每次涉水仍有未知的危险与阻难,永远不可掉以轻心。

写还未被命名的经验,是我的兴趣所在,但无论如何未定型、未命名,这种经验的根基是在互联网的视域里展开的。当我反复审思自我的经验时,觉察到了其中多重经验折射的状态。以前的人是恋爱前早已读过恋爱小说,而现在的人,来自书籍、影像、电子游戏、社交网络的多重经验早在自我的一手经验之前发生,再跟一手经验混杂。这不是经验的匮乏,而是经验的膨胀。一切都不再是表面上看起来的样子了。从反面而言,浮于面上的东西,反而离核心最远。虽然信息爆炸,但人真的知道自己周围在发生什么吗?如果不知道,又如何把握自我的处境?因之,小说如果停留于再现失焦、再现驳杂,不仅毫无艺术的意义,也将离人内心的真实越来越远。而面对这种喧嚣，唯一可靠的认知路径无非从自我开始。这不是狭义的自我，而是过去、现在、未来共时存在的自我，也是一个当代的自我。我认同这一说法：最终对人有所裨益的真实，只会是内心的真实。

大众与小众

2015年在德国做田野调查时，一次谈话让我印象深刻。对方是法兰克福大学的埃沃斯教授，我们谈到幻想文学的崛起及风靡全球的现状时，他提示我不妨将幻想文学与传统的现实主义文学作对照。埃沃斯教授说，当他跟年轻的学生讲授20世纪的外国小说时，学生如果想深入理解小说，需花很多功夫在该国的历史上。而幻想文学则通常不需要这些历史知识背景，它们基于古老的故事模型，故事背景则是架空的，读者只需接受那个世界的设定，跟随主人公展开冒险之旅就好了。这么说没有贬低幻想文学的意思，而是20世纪历史的剧烈动荡，影响了好几代作家，他们的个体经验往往跟历史大事纠缠在一起，历史和政治也就成为"生命中不能承受之重"。

中文世界的变化跟此类似，在流行的文学、影视领域，幻想与历史两大类别占比最大。还往往是两大类型混合，比如蔚为大观的穿越文。从传播的角度而言，如何帮读者减负，让读者可以更多地享受阅读、观影的乐趣，正是流行文学的主旨。普通人穿越到古代做皇帝，也就成了最好用的故事模型，其中又演化出各种变体。在这一领域，也有世界性巨星的诞生，比如乔治·马丁的《冰与火之歌》，幻想与历史同构，将体验推至顶峰。

如果以上这些现实，我还可以说各美其美，流行之外，小众的文学仍有一方园地可存活的话，那么，电子游戏的空前发达，则不时让我陷入惆怅之中。幻想小说/影视作品，与读者/观众的关系还是传统的，施与受，载体与客体，想象与同情。而在我自己的游戏经验里，每每在与游戏世界的交互中产生一手经验。我玩过一款叫《红》的游戏，第一视角，主角最后自杀，也就是说，"我"自杀。一款叫《灵魂摆渡》的游戏，让你与逝去的亲人重逢，玩的过程中我经常止不住地大哭。这些是比较小成本的游戏，但用游戏的叙事规则来说则是，当你成为那个角色，用几百个小时去练习成为TA时，你将获得TA会经历的一切。所以我完全可以理解，为什么有人会爱上虚拟角色，甚至为之意图杀人。那种爱的体验是真实的，虽然对方不具备人类的肉身。说实话，这也指向爱的本质，人心的本质。

另一面是，虽然在可预见的未来，媒介将会继续高速迭代，但叙事艺术有古老的核心，也在无声中遵循古典的价值律。而当与其他领域（影视、游戏）的创作者合作后，我慢慢确认了一件事：小说仍然是叙事艺术的中心。无论受众多寡，小说本身所尝试过、开掘过、见证过的人类经验，以语言为载体搭建起来的叙事艺术，其密度、浓度、难度，仍是其他媒介不可企及的。以前看唐诺先生访谈，谈及文学与电影，唐诺说，一部电影的容量和深度只是一部中篇小说，言下之意文学广袤得多。当时我觉得可能是读书人的自矜与傲慢，但在小说写作领域不断进深、也尝试用别的媒介创作之后，我意识到这一观点绝非自恋或自欺。小说仍是让人尊敬的艺术，其他媒介的创作离不开小说的核心技术与艺术。

打开一颗心

对小说作者而言，当现实变得无从把握时，个体经验的沉思成为不少人的选择和尝试。轰动欧洲的克瑙斯高的《我的奋斗》、获普利策奖的《同情者》，以及在国内广受好评与欢迎的迪迪埃·埃里蓬的《回归故里》，尤其是后面两位作者的书，都以整饬、深邃、庄严的写作展现出人自我探索的深度与力量。

阮清越是美国人文与科学院院士，他毕业于加州大学伯克利分校，在取得英语博士学位后，任教于南加州大学，教授英美研究和民族学。在他四岁时，随父母从越南逃难至美国，曾在宾夕法尼亚州的越南难民营度过一段时间，后全家定居于加州圣何塞。个人经历与学术训练造就了《同情者》这部杰出小说流畅、感人的第一人称自白体，以及与历史、政治、阴谋、间谍元素之间的强烈张力。而迪迪埃·埃里蓬则是法国当代著名哲学家、思想家、社会学家。《回归故里》讲述作者在父亲去世后回到阔别三十年的家乡兰斯，反思自己从处于阶级壁垒中下的平民阶层，通过求学、求知而摆脱身份桎梏，获得精神自由的过程。这是一场持续几十年、艰难的自我成长，每一个步骤都与法国的社会结构与现实纠缠在一起，作者的行文饱满、细密，充满自省而引人深思。以上两位作者的"打开"之所以能成就杰出的作品，与他们的知识结构和跨越国别、种族、阶层等巨大藩篱的经验密不可分。

从苏格拉底的"认识你自己"，到如今作家亲自"打开一颗心"，整个世界的图景、历史的足音，都在这一打开的过程中重构、清晰起来。这甚至有一种神学意味上的"创世"

感。起初，虚构的艺术创造出世界上没有的人物，小说家予人物以血肉，世代读者与人物同呼吸共命运。而今，许久没有伟大的虚构人物诞生了，作者于是凝视自身，将自我再造，虚构与真实的边界消融……很难说这是虔诚还是亵渎，或者兼而有之。是当代人。

莫迪亚诺《暗店街》那著名的开头，"我什么也不是"，是历史余烬里人缝补记忆、重塑自我，以免于被历史的重负压垮的自救。而现在是，我是我，我不再是我，我又是我。

我曾很留意法国艺术家苏菲·卡尔的作品。她总是从自身出发创作，比如著名的《痛》，含244张照片和8万文字，书分为两个部分，痛苦之前和痛苦之后。第一部分作者记录了92天中的92个片段，倒计时一点点逼向分手时刻。第二部分作者对不同的人用不同的预期重复讲述"痛"，并请对方讲述自己的"痛"。随着一遍遍的讲述，书中文字随之变淡。直到99天后，文字彻底湮灭在纸张间。此前苏菲·卡尔的作品也因跟踪陌生人并调查陌生人的隐私而闻名。作者以自我为起点，以具体的言谈举止，像壁球一样在社会结构、人际关系中碰撞，带出一种存在的真实质地。后来在克丽丝·克劳斯的《我爱迪克》里，这种将个体的边界打开，以私密的方式探索人的脆弱、道德的困惑的方式得到呼应。《我爱迪克》也因此被称为"爱玛·包法利自己写的《包法利夫人》"。这是一本让人心惊肉跳的书，当女性自己动手破除性别凝视，与男作者的"打开一颗心"不同，这里面有了一层男性作者通常不会涉及的"社会性别破除—生成"的意味。而社会性别的塑造，则是漫长人类史中权力与意志的脚注。

智识的，科学的

有段时间我很爱读梅特林克、斯特林堡的剧作，但在读到梅特林克的散文《花的智慧》后，我觉察到，倾神于自然微物的梅特林克比写人类寓言的梅特林克更伟大。个中原因我一时说不上来，直到读到马格里斯的这段话："一只鸬鹚栖息在树上，张开翅膀抖干水，蚀刻在天空上，仿佛一个十字架。小虫在水中游着，就像一串漫不经心的有生命的钱币；那位精通多瑙河文学的德国学者并不嫉妒卡夫卡或穆齐尔，他们描写黑暗的大教堂或无疾而终的情感的才能，而更嫉妒法布尔或梅特林克，蜜蜂和白蚁的诗人；他理解写作法国大革命史的米什莱多么希望写出鸟类和海洋的历史。当林奈敦促我们清点鱼的骨头，蛇的鳞片，观察和区分鸟的羽毛和翎毛时，他是个诗人。"

无独有偶，读废名文章《教训》时，我看到了相同的判断。"孔子命小孩子学诗，说诗可以兴，可以观，可以群，可以怨，迩之事父，远之事君，还要加一句'多识于鸟兽草木之名'。没有这个'多识于鸟兽草木之名'，上面的兴观群怨事父事君没有什么意义；没有兴观群怨事父事君，则'多识于鸟兽草木之名'也少了好些意义了，虽然还不害其为专家……我佩服孔子是一位好教师了。倘若我当时有先生教给我，这是什么花，那么艺术与科学合而为一了，说起来心向往之。"

诗艺，或说文学的艺术，能否给予读者智识的刺激，如废名所说"艺术与科学合而为一"，也是如今文学的挑战之一。作者是否对生活、对世界的物质和精神存在探究的好奇、观察的专注与持续学习的耐心，某种意义上决定了其能否如纳博科夫所说成为讲故事的人、教育家和魔法师三者的合一，也就是能否成为真正的好作者。

问题的原点

回到问题的原点，无论世界变成了什么样，如果还在写小说，考虑得最多的，不过是写什么、怎么写。这一问题的本质是作者的诞生。开始写小说时，我已经大学毕业在报社工作了十年，见证了纸媒的黄金期，也尝试过各种介入、参与、生成社会议题的方式，其中的内容有的针对泛知识阶层，有的则在某个社区做具体的服务。虽然工作总是重复的、繁琐的，但日后省思这段经历，我觉得最重要的是它让我具有行动的能力。写小说也一样，如果想写，那就开始写，学习写，正在写。这种行动力贯穿在我的所有作品中。《正午时踏进光焰》是向着历史进深，在两代人的间距里耕犁，以虚构的方式织补、重建记忆。《我愿意学习发抖》则更直接地体现为在异国他乡贯穿国境南北的行走与找寻，异国故事成为对照，进而可以反思当下中国人的情感与精神状态。

2020年春天，新冠疫情爆发后，内忧外困，我开始写《挪威械》《换日线》两篇小说。虽是春节期间，但窗户外面却静如深夜。这是一种让人不安的静，也逼迫你凝视内心。更由于死亡的迫近，很多问题被从终点带至眼前。我靠写小说度过最艰难的时刻，除了写小说，没有别的事可以让我从破碎中重建秩序，从狼藉中整饬出美。那似乎是一种心气相连的写作，血液流经我的心脏，顺着静脉蔓延至指尖，随脉搏传递至键盘，固定为一个个汉字。我仍然痛苦，但得到平静。也想到一句话，如果你活得足够久，你的经历就是历史。

  因此，有个问题对我来说始终是重要的，虽然只需要我自己问出来,再自己尝试回答,或者更直接地用作品回答。比如写完《挪威械》,我获得了召唤爱的能力。写完《换日线》,我明白了见证的智慧与勇气。这个问题就是——回答我,为什么写作?

班宇

幽灵、物质体与未来之书

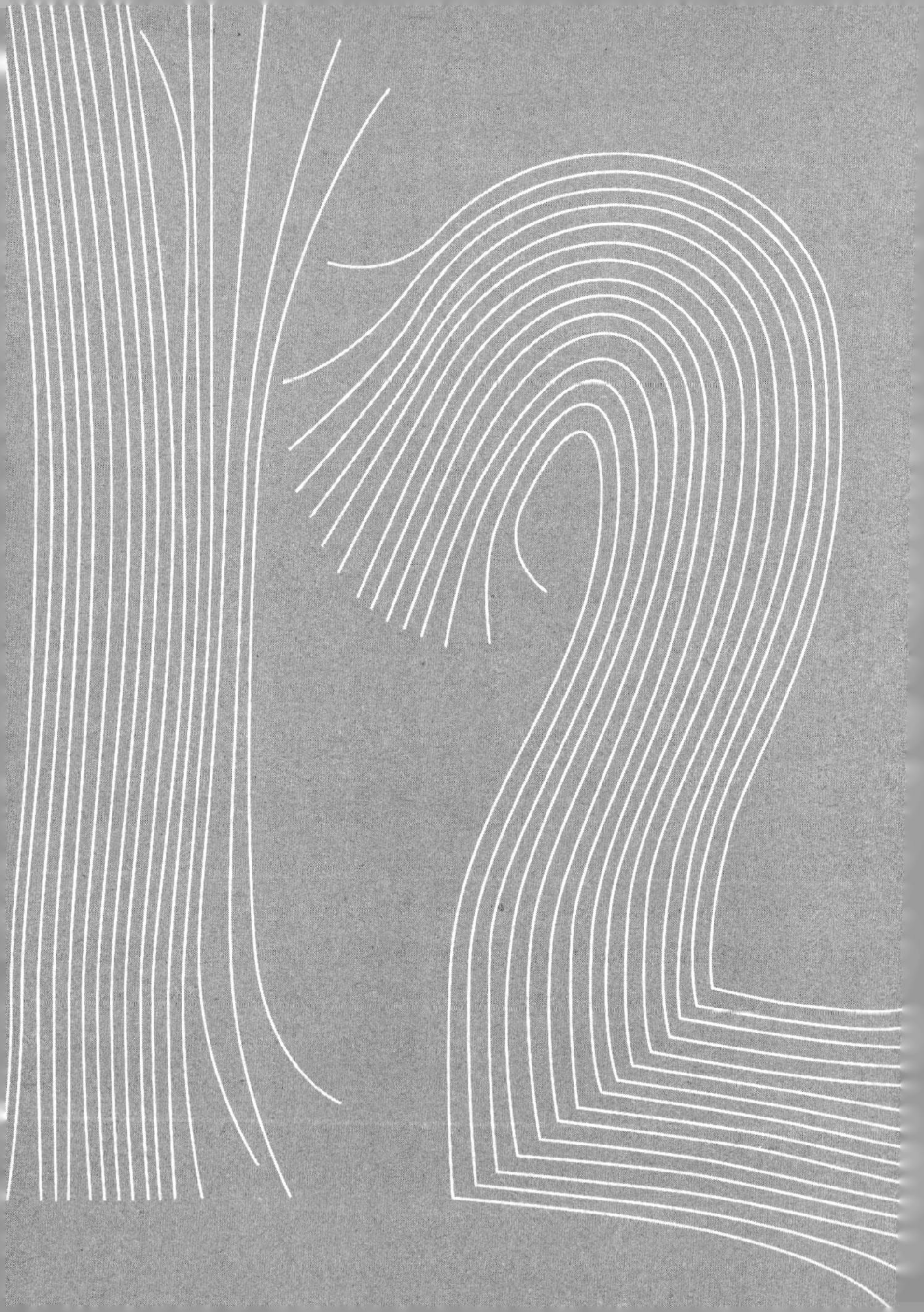

班宇

1986年生,沈阳人,小说作者。有小说集《冬泳》《逍遥游》《缓步》出版。

小说的危机并非始于此刻。1967年,乔治·斯坦纳在《毕达哥拉斯文体——一份猜测,为纪念恩斯特·布洛赫而作》里便有所提及,"小说的危机来自两方面。首先,作为小说家主要题材来源的社会和心理现实产生了根本变化,在可利用的想象秩序上产生了根本变化。……生活气息的变化以及控制传递生活气息的媒介力量影响着小说(因为对于都市大众传媒文化中的许多人来说,世界看上去或感觉上就像是报纸和电视所选择呈现出来的样子),这构成了小说危机的第二大方面。"

斯坦纳的这篇文章发表已逾五十年,时至今日,他所说的这两点也并不过时，甚至小说自身也呈现出一种媒介特征——不仅是针对社会现实的组合、变异与再现，也在于"小说能给予阅读以最为宽泛的意向性"。唯一不同的是，这两方面的危机正在相互作用，彼此渗透，融为一种汹涌、壮阔且不由分说的混沌之力，集聚而袭，在地表上闪烁、跳动，如一种增生的软组织，压迫着小说的细弱神经，使之疼痛、萎缩，时断时续，无法准确传递生命信号。

乔治·斯坦纳

危机的背后也许是一套规则的隐退、一种信念的消逝、一次追索的无疾而终——这使得今天的所有小说听起来都像是一曲昔日的挽歌，但并非完全如此。事实上，我认为小说世界的衰微与欧洲中心霸权文化的丧失密不可分，对于"霸权"一词的中性论述，即它始终探讨着何为出色的文明，何为优越的文化，何为真正的思想与哲学，人们应该遵循何种原则，何为关于世界／人的最高理念……如果认为小说在今日表现出一种落寞的姿态，那么在这一层面上来讲，它所指向或者预示着的也许是整个资产阶级言说方式的失败，或者说，资产阶级市民社会的思想类型的失败。小说作为一种优良的文字技术，卓越的思维或精神媒介，在人类发展历史上曾占据着一个无与伦比的位置，那也是模仿欲望的鼎盛时期，每部小说里的主要角色都凭借着一己之躯去扮演着另一个经典符号式的历史／社会样本，从而在走向真实、荒诞、光荣与毁灭的途中省察自身的复杂面貌。而在今日形成于种种逼迫之下、在空隙之间游走求生的小说之中，这种扮演或模拟极度匮乏，匮乏的原因是它已不再奏效，无法直接更好地表达或者解释当前最为紧迫的困境——如在小说兴起之前，宗教类书籍长期占据着巨大的市场比例。这导致了如今的小说作者们只能向着自己虚构出来的人物进行艰苦地学习，不厌其烦地进行劝勉与说服，小说里的人物则没有学习对象。他们要么近似于转瞬即逝的图像，短暂的视网膜记忆，唯一的视角，不变的姿势，亟待解释，亟待多重涵义，敞开的伦理完全驶向未知之处，依据着想象的光晕，呈现为离散的信息存在状态；要么就是如孤独溢出的现实与问题意识，陡峭的一隅，不容也无法探讨，悬置其上，遥遥无望。

现代小说的世俗功能之一也许是新现实的理解与增补，另一方面则是小说意识的绝对化，自律的追求，近乎于一种宗教信仰。在部分先进的文本里，二者并行不悖。然而，小说的存在势必凌驾于文学的功能之上——作者们难道不是始终相信着某种叙事之外的能力吗？如果打一个不太恰当的比方，我认为现代小说的一部分因素与雅克·德里达所说的"幽灵"形象有相近之处：既不是活的，也不是死的，既非在场，也非缺席，不是真实的，也不是想象之物，以一种关于混沌状态的叙说方式，去召唤着影子、印迹与形象。德里达在《马克思的幽灵》里引过《哈姆雷特》中的一段话作为题记："让我们一同进去；请你们记着无论在什么时候都要守口如瓶。这是一个颠倒混乱的时代，唉，倒楣的我却要负起重整乾坤的责任！来，我们一块儿进去吧。"颠倒混乱（out of joint）也意味着迫切需要幽灵的回归，过往欧洲的一切思想势力都曾为了驱除这个幽灵而结成同盟，而它的再次返回，不仅要解决对于社会遗产与债务的处置，也肩负着如何对待未来的使命。

肯·麦克穆伦的电影《幽灵之死》里，德里达将电影形容为幽灵的艺术，作为被访者，他称自己被一个幽灵操纵着词语，从而扮演着自己的角色。在这一点上，部分现代小说拥有着相似的无定形态，行使着同样的权利，其在场性显现为小说的故事/叙述部分，可为肉身所感，为肉眼所见，可作为颗粒似的声音被抚触、聆听，可提供无限次短兵相接的机遇，而缺席的是小说的技术、方法、结构性元素，以及精神向度等。通常认为，一部足够出色的小说似乎永远得不到与之适配的完美阐释，无论从语言、文体还是思想等层面，似乎都难以将其穷尽。同时，不难感知得到，总会存在着一种不具名、非实体的物质在中阴界里隐约闪现，消解着哲学与文学、批评与小说之间的对立，不是以缺席去反转在场，而是对于逻各斯中心主义的一次否认。它介于二者之间又超出二者之外，消亡的过去必然重新降临，一次又一次，也即小说的"幽灵"面向。在生死伦理之外，尚存一个幽灵样貌的不对称的检视，无论作为写作者、批评者还是读者，都不得不被此统摄。

作为幽灵的小说艺术不依赖于印刷品呈现，它凭借着记忆、身体、技术与知觉，其传递方式像是一次群体性的感染，作者的书写则是一种哀悼，那些描摹与想象均是为了一种"不可见的可见"，无数逝去的事物及相关链接对于此刻形成反扑、追问与侵蚀，并自由建构，挑动着他者的新旧记忆，从而将未来彻底取消掉，毕竟"那是属于幽灵的"。如让·贝西埃所言，当代小说是在与西方小说传统的具体对话中写作的，是根据认识论结构、语义结构、象征结构的一次次重写。具体来说，似乎今日的写作者要不断地造访现代小说三清神之庙，对乔伊斯、卡夫卡与普鲁斯特进行一场大规模的电子祭拜，在这样的仪式里，内在的核心战场是否可以获取真正的清理与安慰,不得而知,其历史实践与想象背景似乎仍被中心主义话语与历史连贯性所控制主导。而小说艺术发展到今日,所要面临的情况是,幽灵也正在悄悄退场。

退场的表象在于一种"不信任"的建立,一种敬畏的遗失,这当然与我们身处的社会与心理现实紧密相关。小说的神秘性与独特性被进一步剥除,"叫我以实玛利"不是在呼唤鬼魂,而是一句再普通不过的祈使句,声响微弱,无可凝视。如果一个人无法沉没于另一个人的书写,面对复现的鬼魂亦无所畏惧,那么,他所遭遇的这个瞬间也无法将之前和之后的无数个瞬间联系起来,全部都是割裂的,分而治之。假若我们将从前某一个时间段的写作称之为"从百草园到三味书屋",即将个体实际经验融入一套充满韧性、不断伸长的语言系统,并与其边界交锋作战,那么今天的部分写作也许可以形容为"从百科全书到数据库"。百科全书作为一种想象与认知的极致,其命名、定义与方法论,可以推导出《布瓦尔和佩库歇》式的书写,但在此时,这样的作品似乎更容易被读解为一种组织方式、知识的生产方式而非写作样式，幽灵的分身们均被遮蔽、移去。再连接到庞大但有限的数据库，像在完成虚拟游戏里的主线与支线情节，只是对话、停滞、行走与重现，没有延展和创造，这也构成了此刻的一种书写脉络，完全是平面化的、凝固着的、概括化的、碎片式的，目标在于达成任务，成为终极作者和读者。而看似浩渺、深邃、纷杂的现实之海，在这里只展现为一道险恶的狭湾，必须且只能以统一的齐整泳姿彻夜泅渡。

我想，这一点首先体现在小说的语言方面，不是极简主义或歇斯底里主义，为了精准、可感与有效，我们有时不得不使叙述语言变得原始、干燥、枯索，同样也是出于这一目的，有时也不得不使其变得绚烂、迷离、繁复，像不断趋近着的同心圆，绕越而行。圆心恒定不变，在这样的向度里，两种形式没有本质的差异，实际上，我们自身可容纳消化的语言及其运转方式愈发有限，无非延环而行。两段歌词会令我想到这个问题，其中一句来自崔健《时代的晚上》，发表于

1998年,"没有新的语言,也没有新的方式,没有新的力量,能够表达新的感情";另一句来自万能青年旅店发表于2020年的《郊眠寺》,"新语言,旧语言,该如何回答,不眠的时间"。前者主动寻求着一种对位的语言和叙述方式来表达从未有过的模糊体验,试图对新的现实进行理解与诠释,到了后者这里,则展示为一种寻求过后的失败与徒劳,在电子荒原里,旧的已经成为过去式,新语言无非是一次次分裂生殖,化为白蚁,撼动着并不坚实的日常叙述,使之粉散。同样,新的现实也剧烈地作用于小说语言,人文学科的判断方法逐渐向着自然学科靠近,其审美标准被科学计量所逐步取代,要求语言精确的同时也在意味着将部分现有的自然语言让渡于生物体控制技术语言来进行处理,因为前者既不能实证,也不可被准确预测,所提供的情绪与意象因语境而异,并不稳定。如今人们需要捕获的是一种规整的、可被辨别与量化的情绪,或者至少是一个清晰的解题过程。自然语言唯一合法的场景出现在医院里,破译着那些数据图表形式的技术话语,这也使得部分小说读起来就像是一份病历或者诊断单，而我们知道，现象并不总能导出结论，如在检查报告上附加的那一句：请结合临床症状、体征及相关检查。

另一方面是小说的故事与情感逻辑。尽管我们在捍卫小说这一文体时，经常将新闻、影视剧等作为障碍物与对立物，因其将粗暴、蛮横的原则与立场迅速注入了社会肌体内部，而小说本应发挥着另一维度的功用，应当超越或者至少表现出不同的认知与读解空间，向着真实、真相与真理所挺进。现实情况是，无论作为作者还是读者，我们好像一直在被动地承受着某种规训，被系统所改造，总会陷落到一种显而易见的矛盾之中，即所写下来的是否符合此刻现实生活的逻辑与伦理，而非小说内部的逻辑与伦理。而这种所谓的逻辑，往往只是由一两组简易、脆弱、粗糙的因果关系推导构成，涉及到人物的身份、话语、动机、情绪等等，一切结果必须经由公式与定理论证得出。假如小说的内容在情感逻辑、历史环境里都无法得到合理的描绘、解释，其人物的行为与动机也不能被接纳、尊重,那么这篇小说便无法被证明是成立的。在我看来,这也许更接近于影视剧的情节链,故事逻辑环环相扣,要么形成大大小小的闭环,错落相交,要么是多米诺骨牌式的,前后等距堆叠,从而反向导出欲望场景与幻象场景。逝去之物不会再临,空悬在屏幕上的,不过是一道道四则运算题,相互拆解、推导,没有缝隙,也不得喘息,而这恰恰忽视了现代小说的能动性与感官特质。

就像斯坦纳谈论的两种危机在此时已不分彼此,在小说的内部,关于写什么与如何写这两点如今也严密啮合在一起。根本上来说,它们所指向的也是同一个问题,而类型、题材与生产方式上的先进并不能保证解决其本身的境遇危机。如何去应对这样的情况,或者说,以何种方法在这样的困境里去想象小说的未来?我认为,也许小说所要对抗的并非媒介与技术革命,而是内化于自身的构造元件。在这一点上,或可从诗歌之中得到借鉴,比如评论家海伦·文德勒在谈论诗歌时,将所谓的风格看作一种"物质体(material body)",通过语音、格律、诗节、语法、意象等要素展示,"你必须以非常清晰的方式为你的假设提供证据;你的方程式必须是均衡的;左侧必须与右侧保持平衡。一件事必须导致下一件事,所有事情加起来必须成为一个整体"。这样的批评方式显然可以追溯到T·S·艾略特所开启的新批评一路,严苛、精密又不失想象力。当然,它也将剩余的部分悬置起来,不予理会。但其中"物质体"及其性质,不妨平移至小说世界里,也许同样有效。

"物质体",或者说风格的涵义不止于句法与文体,要更加广泛,也更加危险,代表着"与主题间那种难以割裂的关系"。再引海伦·文德勒的一句,"当末日来临时,这世界的审美差异终将消除,大地的斑点和花纹都将终结,最后只剩道德选择。这样的道德承认一旦做出,写作如想保有其真实,就必须创造出一种新的风格来迎合它、体现它。不耐烦的拒绝,理想化的热情采纳,以及痛苦的承认都是动机,都驱使着诗人挣扎努力,用永恒的新身体替代旧躯壳。"而对于这点，莫里斯·布朗肖在更早的一篇文章《找寻零度》里也有阐释，"风格关联着血管里流淌的血液及本能这些神秘因素，关联着激烈的深度、图像的密集度和孤独的语言，是我们身体、欲望、封闭于我们自身的秘密时间，在随心所欲盲目言说"。

如果海伦·文德勒所言的物质体涉及音韵、词性和分行等元素，并以此作为"人类感知、审美与道德的信号"，那么小说世界的物质体应存在着类似的指涉空间：比流行审美更为原始激进，兼具分析性与表现能力，以及对多种新型复杂关系的处置手段。其呈现样式应更像一枚复杂的切片，即靠着经验中存在的一截片段作为"假说"，进而构建小说的独立物理系统，而非追求"前定和谐"。这样的写作近似于一次全息的塑造，对于每一篇小说，无论长短规模，都将是一次艰苦的再造与发明。某种程度上来说，"物质体"也是一场对于幽灵的热烈迎接，一种对于整体化能量的召唤，一次被人工智能与数据围剿时的逃离，它拒被预设，形成依赖于本能，也与秩序、道德、精神息息相关，暗含着"整体经验的潜在性"（布朗肖语），面貌很难在一次性的写作里被完整描摹出来，所需要的不仅是修正，还有对已存作品与现实的不厌其烦的复写，于相似的主题与情节里为小说的器官与骨骼重新进行造影。

在写作小说时，我经常会想起诗人朱朱的一句诗，来自那首《约会》：

是语言把你乔装成在场的隐形人
是很多好奇推着你向前。

我将之视为小说写作的驱力之一，幽灵退场时，也许我们自己必须充任一个角色，拨开数据与复制品的迷雾，去乔装重返，穿越表征，走向前去，进行提问与回答，去探寻真实欲望的幻象，而那也将是未来之书的最初形状。

庞羽

挽回一顶二十岁时的白帽子

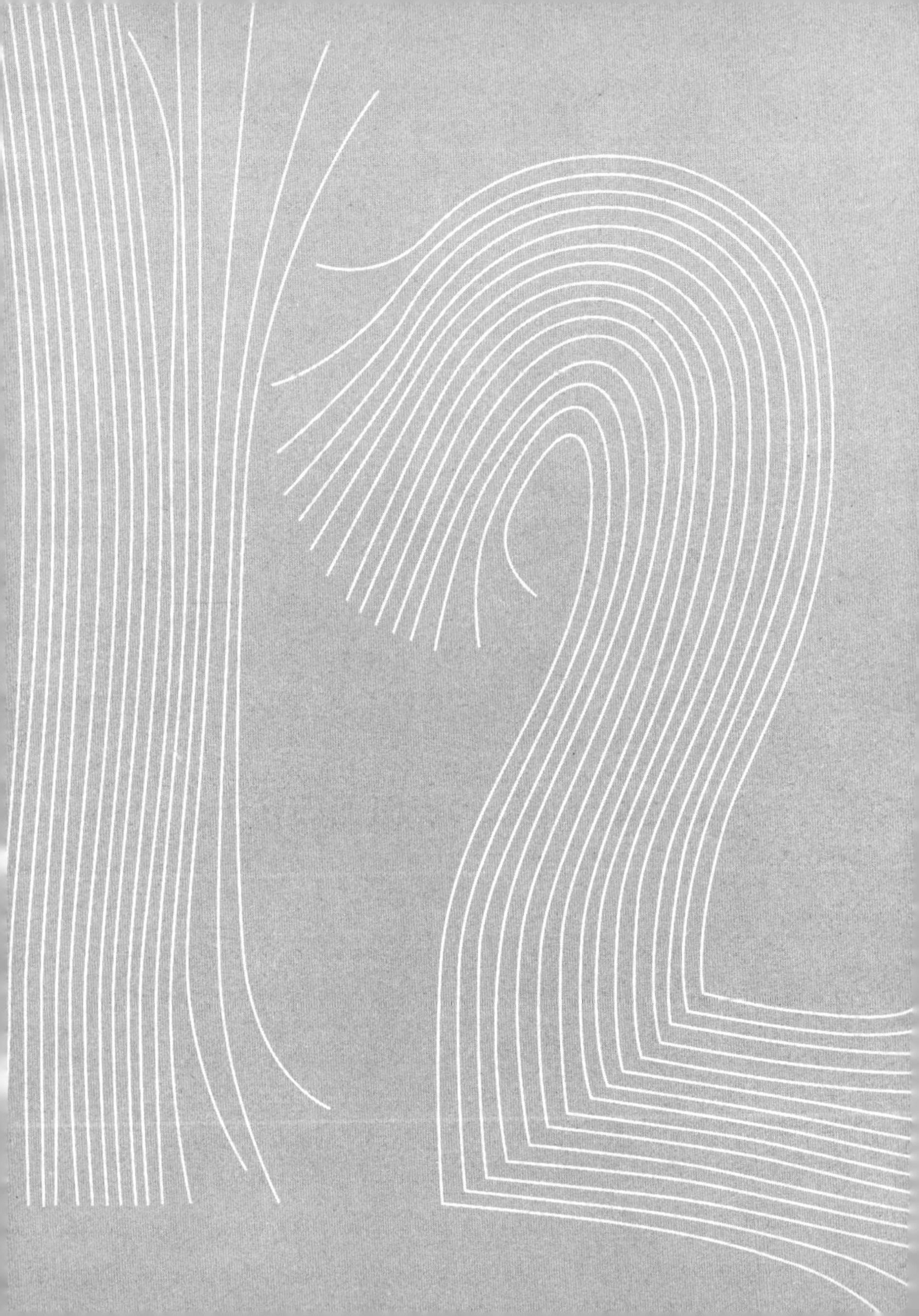

庞羽

1993年生,中国作家协会会员,毕业于南京大学。曾在《人民文学》《收获》《十月》《花城》《钟山》《天涯》《大家》《作家》《北京文学》《上海文学》等刊发表小说40万字,小说被《小说选刊》《小说月报》《中华文学选刊》《长江文艺·好小说》选载。作品入选《2015年中国短篇小说》《2016中国好小说》《2017年中国短篇小说》等年选。获得过第四届"紫金·人民文学之星"短篇小说奖、第六届紫金山文学奖、《小说选刊》奖等奖项。作品入选21世纪文学之星丛书2017年卷。有作品被翻译成英文、德文、俄文与韩文。已出版短篇小说集《一只胳膊的拳击》《我们驰骋的悲伤》《白猫一闪》《野猪先生:南京故事集》。

在我 20 岁的时候，我很想买一顶白色的帽子。到了我的 25 岁，我还是没有一顶白色的帽子。

为什么呢？因为这就是人生，有人 8 秒钟吃完了一个豆沙包，有人一辈子等待一个人，有人花了 5 年时间，还是没买到她要的帽子。

我为什么要说这些呢？我想告诉你们的是，无论是生活中还是文字里，相同空间里的人，拥有不同的时间；相同时间里的人，拥有不同的空间。怎么理解这句话？可以理解为，在同一辆车里，有人 60 岁，有人 18 岁，有人花了 3 年时间考研，有人 3 秒钟就决定了一个大项目。对于不同的人而言，一秒钟的意义都不同。生活中，一秒钟的错位，就会有毁灭性的灾难，比如车祸前的一个走神，手术刀的一个偏侧；而一秒钟的决定，可能会导致一家人、一个国家、全人类的悲剧，比如一场战争，一颗原子弹。比一秒钟更小的，比如0.1秒，0.01秒，直接能决定一个世界纪录、一项高科技技术的产生。爱因斯坦的相对论、虫洞理论，这些都预示着时间的奥妙。而相同时间里的人，他们所拥有的空间是不一样的。我们同处于一片天空下，我们又不同处于一片天空下。这不仅仅是指地理意义上的空间，还有更广阔的空间，身体空间，心理空间，哲学空间，乃至于灵魂空间。一个巨大的空间，在很短的时间内迅速扩张，多么有力，就宛如奇点爆炸出宇宙来一样。我们都知道密度大的东西更坚硬，文字也是，这里面有巨大的力量。

有很多人问过我，你为什么要写这篇小说，你怎么构思的？我想提出一些"过时"的词语。坚贞、谦和、宽容、怀疑、信仰、深刻、慈悲、优雅，在这个时代，这些词早就不流行了。但我想说，写小说，是一种对字与词的迷恋。既然没人疼、没人爱，那我们就去爱它们，温暖它们。比如，我问你，你有多久没有悲伤过了？悲伤是多么好的非物质文化遗产啊，中国古代的文人墨客，谁不曾为赋新词强说愁？而到了现代，悲伤往往能成为一个小说家的底色。有时候，小说就是挽回。黑夜挽回白日，死亡挽回昨天。为什么这样讲，因为小说家写小说时，都会先"回归"。鲁迅回归了鲁镇，萧红回归了呼兰河。这是地理意义上的。时间上，普鲁斯特回归了似水年华，马尔克斯回归了多年前的一个下午。这是时间意义上的。你们看，写小说就能实现时空穿梭。这种穿梭也就是回归。回归古老，回归到遥远的篝火前。熵增定律中所说，宇宙的秩序只会从有序变为无序，这也是小说的一种写法：从平衡走向不平衡。打破平衡，很多文学作品里都有这样的构架。我写过一篇小说《操场》，操场本身是一个平静的、没有任何人打搅的世外桃源。三个小伙伴本就拥有着快乐的童年。曹老头也是，虽然命运不公，但如今也平静下来了。这些都属于平衡的。然而，几十年前的一场战役，在曹老头的挖掘下渐渐露出了真实面目。我们在操场上挖掘尸骨，曹老头带着年幼的我们去见证历史。虽然这件事很疯狂，在我们眼里，却是一场游戏。这篇小说最后的结尾，其实是"失控"的，事件已经达到无法控制的地步了。而我想讲的是，一篇好小说，到了结尾，一定是让人物自己走下去的，而不是作者让他走、替他走的。要让人物逃脱作者的控制，中国古代的绘画也有如此的意境。

怎样让小说更加引人注目？那就是小说元素必须要独特，情节必须要有创新。我写过一篇小说《喜相逢》，在这篇小说里，新闻报道、戏曲、古诗词、广告语、凶杀案、中年人的孤独与寂寞，全都交织在一起。这让这篇小说富有人味，也更加饱满。这篇小说其实是一篇推理小说，但我试图将它写成一篇富有艺术性的严肃小说。于是，各种元素开始进行碰撞，古今中外等等。如果用一句话来概括它，不过是一个杀夫的社会事件。而为什么能写成一篇七八千字的小说呢？在于隐藏。不仅是主人公在隐藏，作为作者的我，也隐藏在人群背后。

我的第一本书叫《一只胳膊的拳击》，这来源于我的一篇同名小说，发表在《人民文学》上。讲的是一个家庭的故事。祁露露是个胖女孩，祁茂成作为她的父亲，又活得十分窝囊。而祁茂成的同学们，都混得人模狗样。这样的家庭情况，在中国十分普遍。然而，我在其中看到了挣扎，一个渺小的人物的挣扎。同时，这种挣扎是伟大的。大家可以参考《堂吉诃德》这本书，这就是物理力与心理力的问题了。堂吉诃德能打得过风车吗？当然不能。这是物理力。然而，在我们读者心目中，他战胜了风车吗？大概过去了一千年，也会有读者肯定地说是。我写的这篇《一只胳膊的拳击》，就是用了物理力与心理力之间的交锋。一只胳膊怎么进行拳击？这是一个疑问。在拳击场上，一只胳膊注定了输。但我还是要去打，去战胜这个命运，哪怕我知道我永远战胜不了它。生活的屋子昏暗，总有些手要拉开窗帘。哪怕是一只废弃的胳膊。在小说中，常常有一个作家的肉搏战。比如海明威，比如卡佛。

他们一身赤练,两手紧握,与生活真相来了一场酣畅淋漓、不及多说的拳击战。不谈作家,有许多人挨过生活真相的暗拳。《一只胳膊的拳击》里的祁茂成,他大半辈子就这么活着,这么赖活着。陈萍去了外地工作,祁露露不认真学习,倒也没什么。偏偏这样的日子,还有人想把他拾掇起来,把他的骨头拼凑起来,再把血肉、脸皮准确无误地码好、贴好,逼着他站起来,对着他的面门来狠狠一记。他捂着闷声作响的脑袋,不知该站着、卧着,还是躺着。这个人拎他的耳朵,逼着他起来,没等他站稳,又是一记左勾拳。他捂着脸,看着对方的面孔。这个面孔可以是赵云飞,可以是蒋玲凤,也可以是卫小王。最后,他加入了这场肉搏,他攥住了自己的命运,加速度发射出去,等待着命中注定的失败。

一个作家的拳击,也是如此。拳击如对弈,总有失败,总有疼痛。在拳击时,人的全部家当就是两只拳头,其他部分用来掉血。作家把全部肌肉、经络调动起来,正如把毕生精力、经验调动起来,然后集中聚集在手上,一击而中。有时候，明知我不如敌，也要攥紧拳头。比如《老人与海》里的老人，比如《青衣》中的筱燕秋，他们被击中了眼睛、鼻子、身体各部，但直到拳击赛的最后，他们的拳头都是紧握的。我为什么谈这些？我是想告诉你们心理力的强大。我们人类跑得过豹子吗？打得过老虎吗？不可能。那为什么我们战胜了老虎？是因为我们一开始，就有了战胜它们的决心。这是非常难得的。老鼠能战胜猫吗？于是有了《汤姆和杰瑞》。弱小可以战胜蛮力吗？于是有了《大力水手》。这些例子无不在说明，物理力的强大，并不是绝对的。中外战争历史上，少战胜多，弱战胜强，都比比皆是的。文学为什么被创造？就是因为人类相信，在既有的规则面前，还会有更多其他的可能。

我的第二本书《我们驰骋的悲伤》也来源于我的同名小说。这篇小说是我2015年时写的，灵感来源于南京的地铁二号线。坐在地铁二号线上，我看到的是不同的风景。无论我坐在哪一边，我都只能看见一半的宇宙。就是说，这个世界永远有不为我们所知的东西。而《我们驰骋的悲伤》这篇小说有一个手法：人称的妙用。你们可以看到，这篇小说是第一人称。很多作者写作时，都喜欢用上帝视角。上帝视角好吗？当然是好的，这让我们走的路更加宽阔。但这种宽阔也是惹祸的。如果对于上帝视角把握得不够充分，那作者很有可能，将一篇小说写成一篇报道。小说和报道是不同的。小说有一个核，伸展出去的都是它的果肉，而报道是个水果罐头。水果罐头好吃，但真正的水果更有营养。而使用其他人称呢？比如第三人称，他或她，这种增加了读者与人物之间的疏离感，有特殊的作用，许多先锋小说喜欢这样用，有一种一笔到底的感觉。第二人称呢？你。这个很少有人用，因为难度较大。如果用，都会配上书信体，会给人亲切的感觉。坐地铁二号线，我们只能看到一半的宇宙，而第一人称也是这样。我们能完整地看到主人公面前的一切，而她身后的东西，需要我们自己体会。在小说中，主人公讲述的东西，我们都知道，并且比她知道得更多。而主人公没有讲述的东西，我们知道一部分，主人公自己也知道一部分。就像纸内外的人们拿着一块块拼图，互相拼出一个故事一样。这边我要说的是，小说不仅仅是作家一个人完成的，它需要二次创造。谁来二次创造呢？就是读者们。像那句老话说的，一千个读者有一千个哈姆雷特。

　　我以前是学戏剧影视文学的，在戏剧中有一种特别重要的手法，叫做"延宕"。延宕这个词，可以追溯到《哈姆雷特》中。正是哈姆雷特优柔寡断的性格，才会衍生出这样的故事。我写过一篇小说《橘的粉》。小说中间的过程，是一直被"延宕"的。这种延宕，使得小说能够被笼罩在一种异样的气氛中。《橘的粉》讲的是一个女孩被诱拐，穿越整个城市，最后被挖去双眼的故事。小说来源于新闻事件。小说的来源是各种各样的，可能是一则新闻，可能是道听途说的一个故事，抑或只是一个触发点：一个落日，一只鞋子，一辆自行车，一件旧衣服等等。生活中的种种，都是小说的来源。一个称职的作家，必须对所有事物保持惊讶的态度。当我们仰望星空，我们才会知道自己来自于哪里。我们是星辰的孩子，我们身上的每一个分子、原子，都来自于遥远的星系，来源于140亿年前的那次大爆炸。而我们的产生，都是万万亿分之一的概率。不只是我们，地球上的任何东西，都是万万亿分之一的幸运。落日来源于哪里，鞋子由什么元素构成，自行车与遥远的仙女座星系又有什么关系，而旧衣服经历了怎样的轮回，这些思考是很奇妙的。这些不仅是科学家思考的东西，也是文学家永恒的母题。月球掌管了我们的潮汐，太阳掌管了我们的四季，我们生活在这个星球上，难道不会产生疑问吗？于是，延宕来了，这就是延宕。人类一思考，神与我们的矛盾就尖锐了。

我大学时写过一篇小说《到马路对面去》。这篇收录在《我们驰骋的悲伤》这本书中。这是我在南大读大二时，某天闲散无聊时写的。为什么写这篇小说呢？是因为我对自身的存在产生了困惑。这种困惑是人类永恒的困惑。在这篇小说里，大妈董小妹遇到了难题。注意这个词语：难题。这个词语是个万人迷，文学家爱它，编剧爱它，导演也爱它。你们看那些留在史册的电影：《罗马假日》，赫本是公主，他们之间有真挚的爱情，却没有可能的结果；《肖申克的救赎》，向往自由，却不能拥有；《阿甘正传》，精神与肉体的对抗；《美国往事》，生与死，历史与个人……这些种种，无一例外的都有这一点：难题，越来越大的难题，越来越困难的难题。我这篇小说，虽然可能是个习作，但也将难题摆在了主人公董小妹的面前。是迁就儿子，还是遵从自我？是向生活妥协，还是追求真正的生活？没有人能够回答她。这些难题像滚雪球一般，越滚越大，越滚越结实，直到将其撞得支离破碎。这是具体的难题。而真正的难题，是人类永恒的困境；人与他人的对抗，人与自我的妥协，人的孤独、悲伤、失落，人的存在与虚无。写到人类永恒的困境这个份上，相信这篇小说不会差。

不过，故事和小说之间是有区别的。小说微妙，有缝隙。故事完整，有情节。发展到哪个情节，都不应该是故事应到之处，而是人性应到之处。人应该这么去做，小说应该这么走。所以，在各类小说中，"人性"是一个非常普遍的主题。而故事与小说之间有共同点，那就是"创世界"。我创造了人物、地点、时间。但是，你们需要注意的是，小说家在创造的同时，也在被创造。被读者创造。读者有读者的理解。而作为读者的"我"，该如何理解自己的作品呢？小说家是种很无奈的人。他负责写，其他不要去管。适当的时候，学会背对这个世界，与自己说话。

　　小说家不单单和自己说话。有时候，他还充当了与上帝说话的职责。生活是什么？按照字面意思，就是生下来，活下去。上大学三年级时，我选修了一门课，《中国古代书法艺术》，篆书、隶书、草书、楷书、行书，黄老师讲得飘逸生动。然而，我看见了智永和尚的《真草千字文》，每个人心中都有笔墨，都有伤痛有执念有解脱。智永和尚如此选择，他经历了怎样的人生呢？于是，我从大学生活入手，描写了一群缝补伤痛的孩子。他们的生活与《真草千字文》有着千丝万缕的关系，最后完成了属于自己的最后一笔。这是我第一篇真正意义上的小说，对我影响很深。在小说里，我可以是你，而任何人都可以是我。然而，你创造出一个人物，他有两条腿，两只手，两只眼睛，你可以虚构一条路、一座桥、一个星球，但你不能代替他看，代替他走，甚至你不能决定他去哪里。你唯一能做的，只有目送他，看着他走入光芒里，看着他坠入黑暗中，看着狂喜、无助、仓皇飞掠过他的脸庞，却不能触碰他于一丝一毫。

有一个很好玩的命题：有时人类的意识对事物有决定性的作用。而我们的意识又是什么？我们的意识是上帝的抽屉，放入一些，拿走一些。灵感多的时候，你要感谢，上帝今天多放了一些。灵感少的时候，你要去寻觅，上帝放在哪个抽屉里了，你要和那些抽屉交流，化为己用。所以，小说家其实很不光彩，他们有自己的小九九。那上帝在哪里呢？上帝在每个人的后脑勺。只有人类相互关照，才能看见。你看，这个世界设计得多好。一个人活着，不单单是一个人活着。

你要有去发现的眼睛,还要有去探索的动力。还有人问,小说家写出这么多作品,意义在哪里?其实,小说家在写作的时候,也是糊里糊涂。而写完,相当于走完了一条路,而路的尽头,所眺望处、所不能及处,就是曙光。就是意义。

我写小说,也有5年时间了。说实话,我只是想写出某些已经消逝的东西,某些无法定义的东西,一些狂风巨浪后、还存留在一些地方的东西。佛教中,有一句话叫"求岛即成岛,欲灯化为灯",说的是商人为了寻宝,常年漂泊在大海中,非常疲惫。于是神便化现为岛屿,让他们得以休息,解救他们于惊涛骇浪之中。世人孜孜矻矻,常年不见光明,神便成为照明的灯。岛屿、路灯、船只、光明,这些都是我们所求。然而,成为自我的岛屿,需要阵痛。成为他人的岛屿,需要勇气。也许我的某篇小说,能成为某个人的岛屿。也许我见到的某个人物,能成为我自己的光明。这便是对作家最高的奖赏。

与写作当初相比,我对文学的理解有了些变化。刚开始,我沉溺于创造的快乐中，写好一个故事、塑造一群人物。渐渐地，我发现，文学重要的不是说出的东西，而是那些没有说出的东西。小说是时间的艺术，时间是什么呢？科学家没有给我们答案，哲学家却给了。亚里士多德提出，世界分为"偶性"与"实体"。关于偶性，我们可以这么理解，一个苹果、蓝色大海、两公里的路途，在这里面，一个、蓝色、两公里，脱离了苹果、大海、路途，这些我们见过吗？不仅仅是这些，速度、温度、亮度，这些便是偶性，只有依附于实体上，才能被我们理解。我相信，时间便是一种偶性，寄托在人类身上，便是漫长又短暂的一生；寄托在文字身上，便是浮浮沉沉、闪闪发亮的文学。我们通过自己的一生，了悟了自我的价值，我们又通过文学，完成了对生命的反思。所以，文学并不只是一往无前，文学还需要回望。回望的一刹那，可能便是时间被我们握住的瞬间。

在漫长的文字探索中，我也会想念20岁的那顶白色帽子。我并没有得到它，我只是在用文字挽回它。在这个世界，无论是人或事物，我们得不到就痛苦，得到了就无聊。我很感谢那顶白色帽子没有给我无聊的感觉。我也感谢那顶白色帽子给予我的对于漫长岁月的憧憬。这是神迹，也是答案。

小说中的平面镜与通灵者

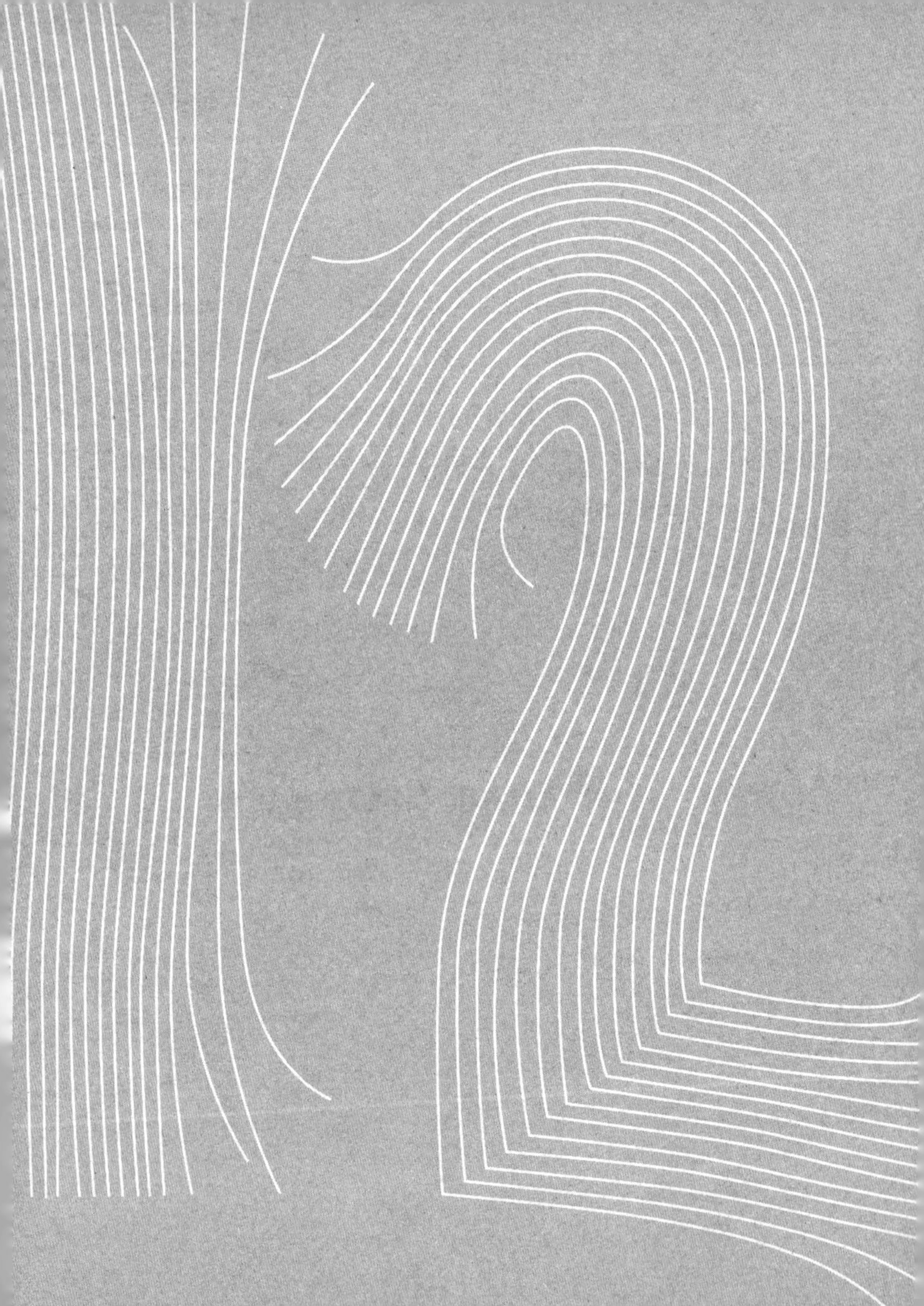

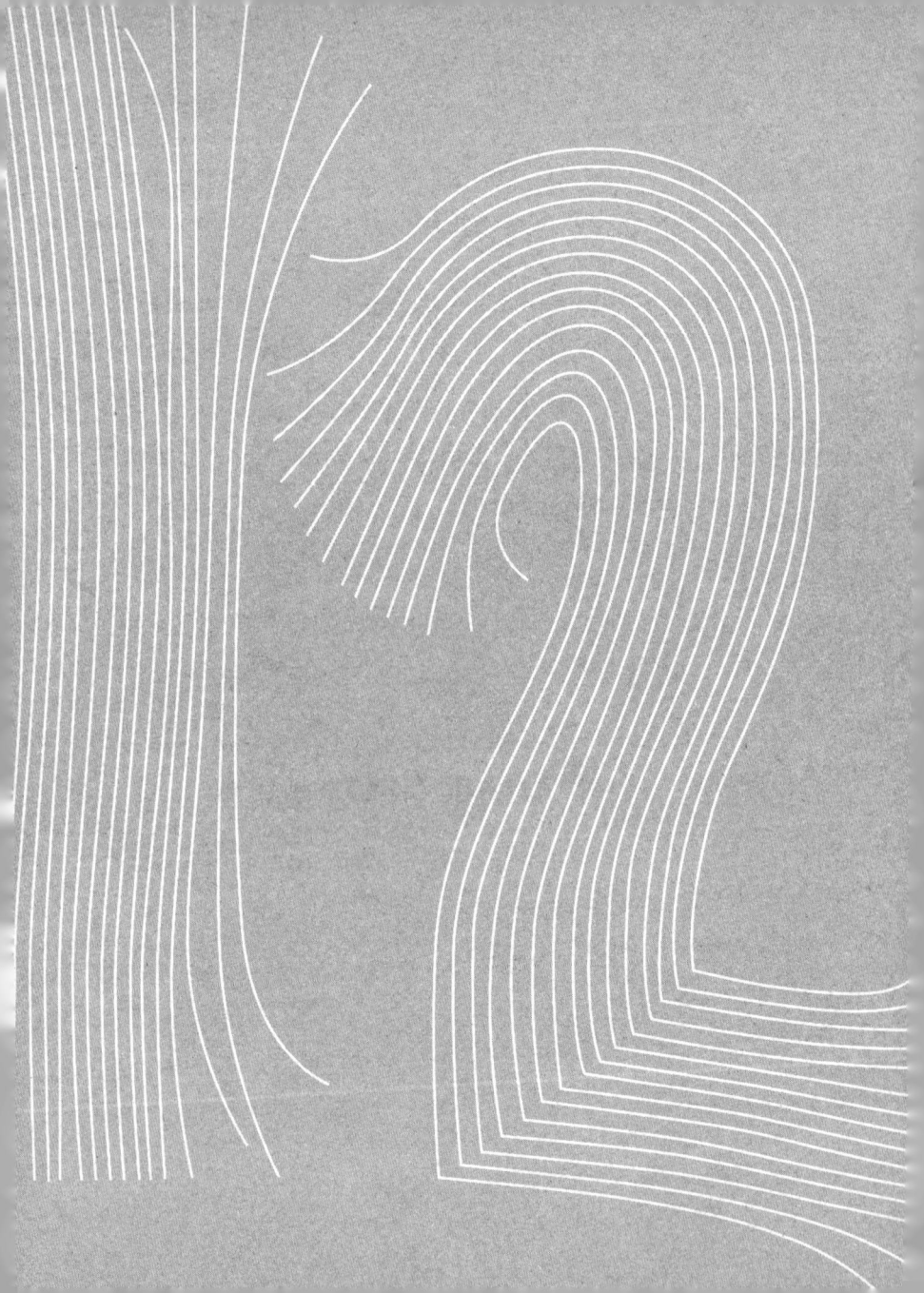

路魆

1993年生于广东肇庆。小说发表于《收获》《钟山》《花城》《作家》《西湖》《青年文学》等杂志。已出版短篇小说集《角色X》，长篇小说《暗子》。

在《超现实主义宣言》中,安德烈·布勒东对现实主义提出批评:"……以极庸俗的情趣,竭力去迎合公众舆论……作者将每一段文字都描写得很详细,却毫无任何特色……什么也无法与这类空洞的描述相比拟,那不过是画册重叠的画面……"[1] 时间回到今天,我注意到,在我们之中存在这样一种"现实主义"小说创作:一种镜像式的、社会新闻式的写作——好比拿着一块平面镜,到街上走一圈,在报纸和网络上照照,在先辈的惨痛记忆里投影一些史料,把人们喜闻乐

---

[1] [法]安德烈·布勒东著,袁俊生译:《超现实主义宣言》,重庆大学出版社2010年版,第12—13页。

见的事件,把那些以为是深入生活观察所得的鸡毛蒜皮,原封不动地变成镜像,或者机巧地加以粉饰重整后,展示给人看,就心满意足地认为,自己完成了一次社会历史考察的壮举,深入到现代社会的核心中去了,最后赢得一个"强有力地介入现实与反思历史"的功绩美名。

这种还不如叫做"无聊现实主义"的写作方式,功利性非常显著,迎合各种需要,等同于摘抄和复制现实。但胜在它有市场。也有读者对这类小说的情节非常有共鸣,读得拍案而起,激起了他们对最近社会大事件的沉痛回忆,或者被廉价的煽情和卖惨惹得连连落泪。无非因为它们符合社会实情,又是如此简单肤浅地写实,贴合狭义上的唯物主义观——物质绝对决定意识(物质规律显然比精神规律更容易推导和理解)——且历经中华上下五千年,表面逻辑有迹可循,分析起来驾轻就熟,而对那些看起来晦涩玄奥、有所质疑的艺术,敬而远之。文学是有高低之分的,但我不否定任何一种什么主义写作,现实主义当然能出好作品(因为我还没来得及读完陀思妥耶夫斯基的巨著，不便对他的伟大创作进行指认）。我只是对别有用心、缺乏审美、低级趣味的创作态度抱有怀疑，它正让文学生态变得更迂腐和固守，并逐渐让迂腐和固守成为了主流。也正因此，文学生态中原本属于正常范畴内的、具有现代性的写作，才迫不得已地被称为是"进行了一场对主流的冒犯"。好比一个选择不婚的人，在越来越多进入婚姻的人眼中看起来的那样，似乎在故意挑战传统，而那本来只是一种选择的自由。

这又延伸出了另一种投机取巧的写作：假借先锋写作之名，在主流中塑造一个标新立异的少数派形象，收割成为"先锋者"的利益。然而，他们所采用的先锋写作方式，逃不开玩结构、玩语言那套老旧的东西，却被称作是先锋写作的复兴（回魂）。那些投机者们，一面宣称坚守文学的神圣与纯洁，拒绝随波逐流，另一边却埋头书写迎合公众舆论的作品，暗地里成为快消品的帮凶。一旦面对质疑，他们倒是有不少冠冕堂皇的理由为自己的作品辩护。

相传有种叫做 Tulpa 的秘术,通过强大而持续的想象力,物化一种只存在于幻想世界的事物。但通灵者对于意念可塑造现实的力量,往往遭到质疑——对此,我们无法证真,也无法证伪,可是,不妨碍现象多元性的存在。我们看不见电磁波,但不能否认它的存在,只是需要借助特定的手段去证实它。而我们试图借助小说,通过人物的本质行为和事件构成,去证实一个广阔的精神世界,正被隐藏在表面经验之下的深海中。Tulpa 更有可能实现的操作并非凭空造物,而是把我们在文学中对未来的幻想转变成为现实。

　　大家似乎忘了有那么一群艺术家,一直致力于在创作中坚持探索人类灵魂的深度,以及精神王国的广阔,去呈现"永恒的神秘之中看不见的隐形之物"。他们为我们的精神生活指明了方向,前提是我们没有曲解他们作品的真正意图。昆德拉在《被背叛的遗嘱》中的《圣伽尔塔的被阉之影》一文里说,要是没有马克斯·布洛德,我们连卡夫卡的名字都不知道,但同时嘲讽他曲解了卡夫卡的作品精神。马克斯·布洛德认为，卡夫卡的作品为我们描绘"专门为那些不沿着正确道路走的人而准备的可怕的惩罚"。我仍记得，在一篇新书推荐的文章上，作者认为残雪的《赤脚医生》（原名为《一种快要消失的职业》）聚焦的是乡村医疗主题，反映乡村医疗现状。这是对残雪一直以来坚持的新实验文学的巨大曲解，甚至是贬低。我怀疑作者根本没看过《赤脚医生》，对残雪也不甚了解。这样充满误解的解读只会蒙蔽作品的真正意图。

人们主动放弃探索艰涩未知的世界，竟然也满口哀怨，感叹如今世人越来越肤浅，不再阅读真正涉及艺术的书籍，但即使发出这样的感叹，他们掉转头依然只甘于成为一部被动接收信息的收音机。布勒东继续说："提供纯粹信息类的写作风格，之所以在小说中司空见惯，那是因为作者没有什么远大的抱负，我们应当承认这一点。"我们之中不承认这一点的人不在少数，甚至将此美化成是对外部现实的关注。他们共同编织的谎言，没有人去拆穿，谎言最终会如愿变成他们想要的现实，成为楚门的世界。进入潜意识城堡的大门，一直是敞开的,只是不那么容易辨别,哪怕是K,也在日夜试图与克拉姆进行谈话,想找到进入的路径。但有人到了城门外,干脆就地搭起永居的帐篷,不再探索身后的城堡结构,或许是因为他们深知自己根本没有力气,也没有勇气与身为城堡前哨的克拉姆谈判。顽疾般的惰性,在背后不断弱化殊死一搏的精神觉悟。

我的生活基本处于梦幻和幻想中。但我不依靠做梦来写作,也不存在生理层面的视力幻觉,精神的潜意识是时时刻刻存在并启动作用的,用"白日梦"来形容或许更准确,关键在于我们是否主动去感知它,运用它。这也意味着,我所知所感的现实在进入我的思维时——这里特指写作的过程——会进行折射、解构和重构,用我最喜欢的一个词来表达,那就是"变形"。面对现实素材时,潜意识倾向于将其改头换面,使其更加接近能与精神本质产生呼应的形式,因此产生了非现实的梦幻效果,大概是达利在描述超现实主义客体时说的那样:"客体与最低限度的无意识机能融合在一起,并建立在幻觉和表象的基础之上,而这些幻觉和表象则是由无意识的举动激发出来的。"超现实主义客体是无意识的药引。我们天生对蛇感到恐惧,蛇作为客体,激发出无意识中的恐惧经验。你可以通过后天训练,屏蔽这种恐惧经验,达到捉蛇的目的——正如本来该以敏锐感知力为主要创作支撑的作者,却选择性地过滤掉对于抽象意识的感知力,在更为表层的、麻木的经验中捉蛇,而忘记蛇本身对人类来说,是一种危险动物。

以上的梦幻效果,是现实主义所不能达到的。当然,它也不屑于这样做。目前的现实主义不擅长解构,在中国文学的语境下,反而逐渐成为固化和攀附权威的捷径,支配着庞大的利益,没有能力触及真正的现实之痛,它的批判之刃指向了无关痛痒的风波,所反思的东西是早已被定性为可被批判的恶——在这个范围内,一切都是安全无虞的。因此,现实主义越发无力去触及更深层次的认识,也懒得去反抗、不顺从和破坏。

那些梦幻的物质，或者称之为严肃的幻想作品，仍在坚持认识人的本身，劣根性在道德被悬置的架空领域中暴露无遗。这样的写作必须承受抽象的痛苦，让其暴露在思想的强光下。我要再借布勒东的话语，为幻想作品提出抗辩："唯有想象能使我意识到有可能发生的事……实际上，所有的幻觉，所有的幻想都是不可忽略的快乐的源泉……幻想作品里最绝妙的东西，就是那里面并没有任何幻想的东西，因为那里只有现实。"显然，这样的作品常常因为难以理解而得到类似"胡言乱语""自说自话""脱离现实"等的批评。幻觉、梦境和潜意识，在那些人看来，简直跟被证实存在前的黑洞一样不可理喻，难以考究，还不如把心思放在眼前可触可感的机械现实中来。潜意识中的现实，同样是现实的一种，对于它的书写一直没有得到应有的重视。事实上，超现实主义者没有"选择"成为超现实主义者，因为那是由他们天性中认识世界的方式决定的。超现实主义只是一个概括，是因为他们而形成的一种艺术价值观。

不过，昆德拉指出了超现实主义的困境："'对梦幻与现实的解决办法'，超现实主义艺术家们虽然宣告了它，却没有在一部伟大的文学作品中真正将它实现。然而，这一方法却早已存在了，而且恰恰存在于他们如此贬低的体裁中：在卡夫卡于此前十年中写成的小说里。"[①] 我做了一番比对，在这句话中，昆德拉的观点似乎有所偏差。他认为超现实主义者贬低小说这个体裁："（小说）不可救药地堆积了庸俗、贫乏以及一切与诗意相反的东西。"严格来说，布勒东在《超现实主义宣言》中批评的是现实主义，是提供纯粹信息类的写作风格的小说，而非小说这一体裁。毕竟，超现实主义文学的经典作品《可溶化的鱼》，正出自布勒东之手。有人认为《可溶化的鱼》是一部散文诗，但也不妨碍它实际上就是一部小说（诗化的小说？散文化的小说？今天的体裁已经在随意拼接了）。当然，不排除布勒东真的厌恶小说这一体裁（看

---

① ［法］米兰·昆德拉著，余中先译：《被背叛的遗嘱》，上海译文出版社 2003 年版，第 52 页。

样子他更相信诗歌能在超现实主义中获得神秘直觉上的写作成功），用厌恶的体裁去写一部表达作者艺术观点的作品，完全是超现实主义者会干出的事。

昆德拉说，卡夫卡在他的作品里实现了对梦幻和现实的解决办法。至于这个解决办法是什么，他在《圣伽尔塔的被阉之影》中没有明确指出，只是说卡夫卡的作品穿越了真实性的界限，却没有逃避真实世界，而是更好地把握了它，"在严肃认真地分析世界，同时又不负任何责任地在梦幻的游乐中自由驰骋"。

容许我在这里，把这种解决办法理解为是一种高度分化和浓缩的象征手法，对现实进行变形象征时，保持物质表面逻辑的稳固（至于内部精神，则早已发展成另一种非人世肉眼所见的模样了）。前者抵达梦幻世界，后者把握真实世界。象征仿佛是通灵者的手段，沟通梦幻与现实。在《城堡》中，K苦于无法进入潜意识的城堡，那个永恒高踞的理想之地，与众多象征着无法突破的灵肉障碍的村民和职员，进行谈判斡旋。在《乡村医生》中,"我"在风雪之夜的出诊,是艺术家与世俗之间的搏斗:艺术家为世人的痛苦而思虑,而杀身,却难以被他们信任,最终在被利用完后,被彻底流放,进入寒冷的永夜漂泊中。

我们不会要求卡夫卡像乔伊斯那样——"如果都柏林城毁灭了,人们可以根据《尤利西斯》将其复原"——在他的作品中还原一个布拉格的日常生活和当时的阶级状况。因为里面的人物和事件都是现代人精神困境和灵魂焦虑的象征,他眼中的客体,具有一切人类的象征作用。我很难想象,卡夫卡与乔伊斯以及毕加索等人,事实上处于同一个时代。并时常有一个这样的错觉,认为卡夫卡从来都是孤立于一个只有他的古老时代,却在那个封闭的空间里,继续向前百年预言了人类的困境。卡夫卡在作品里呈现的梦幻直觉,让我觉得,他也是一个超现实主义者,利用这些近乎醒着做梦般的作品,在真实性的高墙上打开了缺口。

我注意到，在我们中间，存在一种由于经验缺乏而引发的忧虑，亦即：如果没有新鲜独特的生活经验，文学写作的未来难以为继。从此类忧虑中，可以看出一个问题，那就是作者对现实经验的过度依赖。很多人对于新时代的年轻作者有一种期望，期望我们能在这个和平的年代，写出历经动荡年代般的、具有历史沧桑感的小说。但这种期望越往后越可能落空，因为对于已经无法触及的历史，我们没法回到过去，没法切身体会。然而，历史留给我们的，是一种经过积淀和萃取过后的晶体物质。这堆闪闪发光的晶体，已不是原来浑浊的溶液模样，而是一个参照的样品。我们去博物馆，参观从帝王陵墓出土的华美衣裳，不是非要把它们穿到自己身上，才有资格感叹它们的价值。我认为，对于历史感的营造，对于经验的利用，作者不必刻意为之，一个时代有一个时代的使命。否则，这里头有多少是真诚的，有多少是虚伪和谄媚的，便很值得怀疑了。

我们应该反思经验本身的正确性。而表面经验的忧虑，是进行镜像式写作和社会新闻式写作的人的问题，只要社会一日平静，他们的文章便一日如死水沉沉。这种忧虑引发的糟糕后果，已经有所显现，而且正在发生中，就是所谓的"疫情文学"。在2020年疫情的初期过后，不少与疫情相关的小说冒头，我从未见过中国写作者如此同步且齐心地描述同一件事。在这个人人追求社会平稳，现代传媒又提供了足够娱乐的时代，那种足以写入严肃文学中的经验确实不多了。

因此，不难理解，由于偶发的灾难，不少作者觉得看到了新鲜的经验，对社会骚动和苦难有着文学层面上的最轻浮的狂热——但他们会认为，这是身为写作者应有的社会道义——急于记录历史进程，彰显自己的历史在场感，哪怕是一篇情节与疫情毫无关联的小说，开篇也不忘把事件的时间背景先抛出来："在疫情期间。"——得到了渲染的光环似的，接下来发生的任何无趣无聊的情节，仿佛也顺势获得了严肃的社会历史价值。有位哲学家说，历史是由小说记录的。但显然，并非所有记录都有意义，还得看记录者的初衷和使用手法。

布勒东认为:"经验有其局限性,依赖即时效用,还要靠理性去维持。"狂热又不负责任的写作,在时效过后,无疑会被抛弃。这也是为什么,我认为文学不妨尝试回到潜意识中,像荣格那样,去探索被日常掩埋的精神经验。这样或许可以更有力地感知在疫情期间种种人事的根本原因,到底是什么,是从何而来的,我们又能为灾难过后的世界,提供什么样的重建构想,而不是急于在小说或叙事诗中,编造和重复与现实雷同的情节,还毫无廉耻地自认切身参与了历史。毕竟,即使不著一字一词,你也无可避免地被卷入这段世界性的历史中去了。我们在文学中秉持的那份真诚和纯洁,那份热切的注视和观察,是这个文学式微的时代中珍贵的良心。

但必须承认,文学艺术并非人类唯一的滋养。现代媒体为人们提供了更直接的感官刺激,与之相比,语言的秘密和句子的逻辑机制难以给予人们与此同等分量的激情。"这种激情确实让人更加珍重自己的生活,但有人却故意对此装出视而不见的样子。"(布勒东语)让文学高居于其他生产活动之上的可能性,微乎其微。不过要使其恢复至某个时期的兴盛,同样难以对此抱有期待。但世界仍需要文学。包括超现实主义在内的所有主张,都是作为一种认识世界的方法而存在的。我们需要更多元的认识。世界也许不会因为人的认识加深而变得更好,但会因为人停止去认识而堕落。在未来的小说里,我们同样可以去实践兰波的口号:"我说过,应该去做通灵者,让自己成为通灵者。"

图书在版编目（CIP）数据

小说的现状与未来 / 格非主编. -- 上海：上海文艺出版社，2023
ISBN 978-7-5321-8612-9
Ⅰ.①小… Ⅱ.①格… Ⅲ.①小说研究－中国－当代
Ⅳ.①I207.42
中国版本图书馆CIP数据核字(2023)第033643号

发 行 人：毕　胜
责任编辑：胡艳秋
装帧设计：胡斌工作室

书　　名：小说的现状与未来
主　　编：格　非
出　　版：上海世纪出版集团　上海文艺出版社
地　　址：上海市闵行区号景路159弄A座2楼 201101
发　　行：上海文艺出版社发行中心
　　　　　上海市闵行区号景路159弄A座2楼206室 201101 www.ewen.co
印　　刷：浙江中恒世纪印务有限公司
开　　本：889×1194　1/32
印　　张：7.625
插　　页：5
字　　数：102,000
印　　次：2023年5月第1版　2023年5月第1次印刷
ＩＳＢＮ：978-7-5321-8612-9/I.6782
定　　价：78.00元
告 读 者：如发现本书有质量问题请与印刷厂质量科联系　T: 0571-88855633